金色童年阅读丛书

JINSETONGNIANYUEDUCONGSHU

YILIGUSHI

毅力故事

徐勇贤 编

百花文艺出版社

BAIHUA LITERATURE AND
ART PUBLISHING HOUSE

图书在版编目(CIP)数据

毅力故事 / 徐勇贤编.—天津：百花文艺出版社，
2010.1
(金色童年阅读丛书)
ISBN 978-7-5306-5575-7

Ⅰ.①毅… Ⅱ.①徐… Ⅲ.①儿童文学—故事—作品
集—世界 Ⅳ.①Ⅰ18

中国版本图书馆 CIP 数据核字(2009)第 231179 号

百花文艺出版社出版发行
地址：天津市和平区西康路 35 号
邮编：300051
e-mail:bhpubl@public.tpt.tj.cn
http://www.bhpubl.com.cn
发行部电话：(022)23332651　邮购部电话：(022)27695043
全国新华书店经销
天津新华二印刷有限公司印刷
＊
开本 880×1230 毫米　1/32　印张 6
2010 年 2 月第 1 版　2010 年 2 月第 1 次印刷
定价：13.50 元

在生活中、学习中,我们会有许多梦想、目标,但当它们很难实现时,我们就会怀疑自己的能力、水平等等。其实,很多时候,不是我们做不到,而是因为害怕困难,害怕失败。于是我们就千方百计地说服自己妥协,给自己找一条后退之路。当我们把这条后路堵死,鼓起勇气,振奋精神,坚忍不拔,任何不可能的事情,都会变为可能。这就是意志的坚定,是毅力的体现。

这本《毅力故事》中,不论是讲述忍辱负重,还是描绘锲而不舍;不论是说有志者事竟成,还是谈只要工夫深铁杵磨成针,集中到了一点,那就是拥有毅力,拥有执著就等于拥有了成功。这些古今中外具有教育意义的人与事,之所以能够世代相传,就是那

种历尽挫折不言弃不放弃的品质意志，令我
们折服和仰慕。学习这种坚韧、坚忍的持久
意志，会增强我们面对挫折的勇气，会增添战
胜困难的信心。

　　生活中的确如此，有时阻碍我们前进和
成功的困难，往往不在于困难本身，而是我
们观念意志的薄弱和毅力的欠缺，往往比克
服困难的难度还大，这需要我们去磨炼。当
我们拥有了足够的信心，拥有了坚强的毅力，
那么，必然会赢得成功。

　　愿《毅力故事》能够激发你的潜力，增强
你的毅力。

编者

目 录 contents

三过家门不入

yuǎn gǔ de shí hou　　qì hòu shí fēn è liè　huáng hé liú yù fā
远古的时候，气候十分恶劣，黄河流域发

shēng le hěn dà de shuǐ zāi　pǎo xiào de hóng shuǐ yān mò le tián dì　chōng
生了很大的水灾，咆哮的洪水淹没了田地，冲

huǐ le cūn zhuāng　lǎo bǎi xìng zhǐ hǎo wǎng gāo chù bān　kě shì shānshang yǒu
毁了村庄，老百姓只好往高处搬，可是山上有

dú shé měngshòu　shāng hài rén hé shēng kou　jiào rén guò bu liǎo rì zi
毒蛇猛兽，伤害人和牲口，叫人过不了日子。

yáo zhào kāi bù luò lián méng huì yì　shāngliang zhì shuǐ de wèn tí
尧召开部落联盟会议，商量治水的问题。

hóng shuǐ zāi hài yán zhòng　wǒ men pài shuí qù zhì lǐ hóng shuǐ
"洪水灾害严重，我们派谁去治理洪水

ne　　yáo zhēng qiú sì fāng bù luò shǒu lǐng de yì jiàn
呢？"尧征求四方部落首领的意见。

shǒu lǐng men dōu tuī jiàn gǔn　　xiàn zài méi yǒu bǐ gǔn gèng hǎo de
首领们都推荐鲧："现在没有比鲧更好的

rén cái la　jiù qǐng tā qù shì shi ba　　yú shì yáo jiù pài gǔn dài
人才啦，就请他去试试吧！"于是尧就派鲧带

lǐng dà jiā zhì shuǐ
领大家治水。

suī rán gǔn zhì shuǐ shí fēn xīn láo　kě shì tā méi yǒu qù liǎo jiě
虽然鲧治水十分辛劳，可是他没有去了解

洪水的特性，只知道水来土掩，造堤筑坝，结果洪水越聚越大，终于冲塌了堤坝，淹没了许多村庄。鲧白白辛苦了九年时间，最后带着满腔的遗憾离开了人世。

鲧去世后，他的儿子禹接替了他的治水使命。

禹总结了父亲治水的经验教训，又虚心听取了众人的意见，得出了这样一个结论："父亲采用堵的方法治水，只是将洪水暂时围住。但堵住了这里，堵不住那里。成功的治水办法，应该是将洪水引离人们居住的村庄，让它流入大海。"于是，禹告别了怀有身孕的妻子，带领众人开始用新的方法治理洪水。

禹和老百姓一起治水，他戴着箬帽，拿着锹子，带头挖土、挑土。他们开渠排水、疏通河道，日夜辛劳奔忙着，一心要把洪水引到东边的大海里去。

在治理洪水的过程中,大禹曾三次路过自已家门口都没有进去。

第一次路过家门,他的妻子刚刚生下儿子没几天,恰好从家里传来

婴儿哇哇的哭声,他怕延误治水,没有进去。

第二次路过家门,抱在妻子怀里的儿子已经会叫爸爸了,但治水正进行到紧要关头,他还是没有进去。

第三次过家门,儿子已长到十多岁了,儿子使劲把他往家里拉。大禹深情地抚摸着儿子的头,告诉他,治水工作还是很忙,然后匆匆离开,没有进家门。

在大禹的领导下，百姓们齐心协力，日夜苦干，终于疏通了九条大河，使洪水沿着新开的河道，老老实实地流入大海。他们又回过头来，继续疏通各地的沟壑，排除原野上的积水深潭，让那里的水流入支流，从而制服了洪水，完成了流芳百世的伟大业绩。

在治水的同时，大禹和治水大军还帮助老百姓重建家园，修整土地，恢复生产，使大家过上了安居乐业的生活。

大禹治水十三年，三过家门不入的故事传遍了黄河流域，人们都尊敬地称他为大禹，并且推选大禹继任部落联盟首领。

yue du ti shi
阅读提示

大禹为了治水"三过家门不入"，这是何等坚韧的毅力！正是这种毅力让洪水低头，成就了流芳百世的伟大业绩。

毅力

有志者事竟成

yǒu zhì zhě shì jìng chéng

左思是我国西晋时有名的文学家。他小时候迟钝，脑子愚笨，而且还非常贪玩。父亲教他念书，他感到头痛，学习成绩还不如妹妹。

一天，父亲叹着气对客人说："这孩子学习不好，将来肯定不会有出息了。"

父亲的话刺痛了左思，他对自己说："做人应该有志气，决不能让人看扁了，不能再像过去那样贪玩了。"

从此，左思把自己关在屋子里，认真读书，练习写文章，如果没有学习完，就不出去玩耍。他对自己说："我一定要把失去的时间补回来，

将来一定做有出息的人！"

古人说得好：有志者事竟成。左思进入青年时代，已是博学多才了，诗文写得极好。这时，他读了汉朝班固写的名篇《两都赋》和张衡写的名篇《两京赋》，心想："人家能写《两都赋》和《两京赋》，我为什么就不能写《三都赋》呢？"

从此以后，他闭门谢客，废寝忘食，查阅大量的书籍和文献。这还不算，他不辞辛苦，奔走几千里亲自到实地去考察，积累了大量资料。

左思花了整整十年时间，写了改，改了写，终于写成了《三都赋》。

《三都赋》轰动了当时的洛阳城，人们争相传抄，竟然使洛阳的纸越来越少，越来越贵。这就是"洛阳纸贵"这个成语的由来。左思也因《三都赋》而名扬天下。

yǒu yí jù lǎo huà shuō　　yǒu zhì zhě shì jìng chéng　zhè ge　　yǒu zhì zhě
有一句老话说：有志者事竟成。这个"有志者"

jiù bāo hán fēi fán de yì lì　　qiè ér bù shě de jīng shén　　zuǒ sī jiù shì gè
就包涵非凡的毅力，锲而不舍的精神。左思就是个

yǒu zhì zhě　　bù rán zěn me huì dǐ dá chénggōng de bǐ àn
"有志者"，不然怎么会抵达成功的彼岸！

毅力

yào bǎ tiě chǔ mó chéngzhēn
要把铁杵磨成针

wǒ guó táng dài yǒu gè dà shī rén jiào lǐ bái　　tā hěn xiǎo de shí
我国唐代有个大诗人叫李白，他很小的时

hòu jiù huì zuò shī le　　dà rén men dōu kuā tā de shī zuò de hǎo　jiāng
候就会作诗了。大人们都夸他的诗作得好，将

lái yí dìng néngchéng wéi yí gè yǒu xué wen de rén
来一定能成为一个有学问的人。

lǐ bái wèn fù qīn zěn yàng cái néng yǒu xué wen　　fù qīn zhǐ zhe shū
李白问父亲怎样才能有学问，父亲指着书

jià shuō　　bǎ zhè xiē shū dú wán　　jiù yǒu xué wen le
架说："把这些书读完，就有学问了。"

zhè me duō de shū　　nǎ tiān cái néng dú wán ya　　lǐ bái kàn zhe
这么多的书，哪天才能读完呀！李白看着

家里满满的几架书，有些心灰意冷了。于是，便出了家门，来到郊外散心。

李白沿着江边小路散步，观赏着江上的风光。忽然，他发现江边有一位六七十岁的老奶奶正在一块大石头上磨着一根捣米用的杵呢。

"老奶奶，您磨杵做什么呀？"李白感到很奇怪。

老奶奶告诉他说："我要把这根杵磨成一根针。"

李白更惊异了，追问道：

"这么粗的杵，什么时候才能磨成针啊？"

老奶奶不紧不慢地说："一天磨一点，一天磨一点，早晚能磨成针。"

李白是个聪明

的孩子，听老奶奶说，心里马上明白了，对呀！我一天看一点，一天看一点，早晚也能把那些书看完。

想到这里，他转回身飞快地跑回书房，孜孜不倦地读起书来。

后来，每当他读书疲倦的时候，脑海里便会出现老奶奶磨针的情景。这时候，他就又振作精神，继续伏在书案上读书。果然，没出几年，他就把家中书架上的书全部读完了。

由于李白少年时读了很多书，读得又很用心，所以后来他成了唐代最有名的大诗人。

把"铁杵"磨成"针"，没有超凡的毅力是根本做不到的。成功也正是如此，没有人能随随便便成功，没有坚忍不拔的毅力，成功永远都不会青睐你。

毅力

摔碎了的泥板

印刷术的发明和发展，是人类社会发展进步的根源之一。使印刷术发生根本变化的发明是活字印刷。

中国大约在唐朝就出现了雕版印刷，方法是把木头锯成一块块木板，然后就像现在刻图章一样，在上面刻上大段的文章，每块木板可以印一页书。当时为了印一部儒家经典，先后花了22年的时间，才把雕版全部刻成。而书印完了，这些花费巨大人力雕成的印板也就束之高阁，没有什么用处了。

北宋时期，有一个叫毕升的人发明了活字

印刷。当时对于普通人来说，书还是一种奢侈品，毕升是一个平民，他买不起书更上不起学。但是毕升是一个极爱学习的人，他经常用湿泥巴作纸，用一根树枝在上面写字，泥巴干了字迹便保留在上面，他常把借来的书抄在泥上。干泥巴不结实一碰就碎，还会龟裂出许多细纹，字迹看不清楚。于是毕升想起烧砖的办法，他用柴草把上面用树枝写了字的泥板烧硬，不久就有了许多这样的泥板，而且还可以用这些泥板在纸上印出字来。

一天，村里的私塾先生到他家里，看到堆积如山的泥板，深深地为毕升的好学精神所感动，并对毕升的书法大加赞赏，于是就把毕升介绍到一个印刷作坊当学徒。

毕升有一双灵巧的手，很快就掌握了雕版印刷的全部技能。雕刻木板是一件十分艰苦的工作。雕版要选坚硬的木头，刻刀常把手指磨出血来，一块雕版只是书的一页，而一本书有很多页，为了印一本书，雕版工人要雕许多块板，花费大量时间，而且中间不能雕错字，因为整块的板是不能改动其中哪怕是一个字的。

毕升在刻板时，常常想到他少年时雕刻泥巴时的情形，能不能把雕刻木板变成雕刻泥板呢？

他的想法没有得到别人的支持，反而受到耻笑，说他是一个不守本分怕困难的人。自古以来，印书都是这样做的，连雕版用什么样的木头都不能变，还想换成泥的，真是异想天开。

毕升并没有气馁，他用业余时间进行试验，好在泥土有得是，不用花本钱。日夜的工作和柴火的烟熏火燎，使他的两眼通红，不断流泪，他的母亲心疼地劝他不要再熬夜了。

但是，毕升对自己的想法坚定不移。但泥板和木板不同，刻有整页书的泥板很重，不好移动，烧过后因为受热，容易发生变形，不平

整，影响印刷质量，翘起的地方就印不上。毕

升虚心地向烧砖的工人请教，不断地改进烧制

的方法，但是效果都不理想。有一天，他精心

烧好的一块泥板被摔碎了，他发现把打碎的泥

板拼起来印出的书页反倒十分清楚，泥板碎块

越小越容易印。他高兴得跳起来，因为在他的

脑子里突然蹦出一个想法：能不能做许多小泥

块，每个小泥块上面只刻一个字，然后用这些

小泥块拼成一大块印板呢？这样不仅印板平

整，每个字块还可以重复使用。

于是毕升制作了一个个四方长柱体，每个

长柱体上都刻上一个凸出的反字，一个铜钱

厚，然后用火烧，陶化变硬。活字做成了，但是

怎样把它们拢在一起拼成一整块版，以便用来

印刷呢？

开始，毕升用绳子把这些泥做的陶字捆在

一起，但是这些字的尺寸不完全一致，高矮不

等。字一多了就很不平整，于是他又想了一个办法，准备了一块大铁板，放上松香和蜡，在铁板的周围围上一个铁框。把制成的陶活字按照文章密密麻麻地排在里面，满一铁框为一版。然后把它放在火上加热，松香和蜡遇热软化后形成很黏的东西，再用一块平板在活字上面压平，等冷下来，一块活字版就做成了。

由于这种活泥字版能压得很平整，跟木雕版的效果一样，涂上墨就可以印刷了。印过后用火一烤，铁板上的活字便一个个脱落下来，将它们一一整理好再排版，可以用它们再组成新的版面。为了提高效率，毕升用两块铁板，交替进行，一个人排字，一个人印刷，两块板交替使用，印得就快多了。

毕升把常用的字刻了20多个，可以反复使用；遇到没有准备的冷僻的字就现刻现烧，非常方便。这就是世界上最早的活字印刷术，这种胶泥做成的活字叫泥活字。

到了元朝，另一位名叫王祯的官员，正在安徽旌德县做县令，他将泥活字改为用木头做的木活字。他一共制作了3000多个木活字，用这套活字排印了自己纂修的《大德旌德县志》，全书6000多字，不到一个月就印了100多部。

中国的活字印刷首先传到朝鲜，朝鲜开始也是使用泥活字，后来改用木活字和铜活字。16世纪，日本侵略朝鲜，抢去了不少木活字和铜活字，从而也学会了活字印刷。活字印刷对世界文明的传播和交流起了巨大的作用。

yue du ti shi
阅读提示

正是毕升的坚定不移，才有了"活字印刷"这项伟大发明的诞生，让我们也抱着坚定的信念朝着心中的理想不懈地努力吧。要相信，最后的胜利一定是属于我们的。

毅力

司马迁忍辱著《史记》

司马迁，字子长，西汉时期的史学家、文学家和思想家。父亲司马谈，汉武帝时为太史令。司马迁小时候非常聪明，十来岁就能背诵古文。他二十来岁开始游历全国各地，了解风土人情，观瞻名胜古迹，调查采访并博览古今典籍，极大地丰富了自己的学识。

父亲临终前把他叫到跟前深切地说："咱们家自周代起就出史官，我身为太史令，想写一部像样的史书，现在看来是做不到了。为了不让天下文献、史籍断绝，希望你一定要把我的想法付诸实行！"司马迁牢记父亲的遗嘱，继任太史令后，有条件看国家藏书和各种资料文献，于是就在武帝太初元年开始了《史记》的写作。

司马迁48岁时，巨大的灾难突然降到了他的身上。他的好朋友李陵兵败，被迫投降匈奴，汉武帝大为恼火。司马迁去替李陵求情说："李陵带兵不满五千，深入敌人的腹地，杀敌数千。他不得已投敌，可能是为留住性命，将来好报效皇上。"结果汉武帝大怒，司马迁因此被关进监牢，判了死刑。

按照当时的规定，死囚有两种办法可以赎罪免死：一是花钱，二是以腐刑替代。司马迁家不富，不能用钱买命。

腐刑也叫宫刑，不但残酷，而且极其侮辱人格，生不如死，司马迁当然选择了死。但是，他想到了还没写完的书，想到了父亲的嘱托，他不能死，他忍辱接受了宫刑，顽强地活了下来。终于在50岁那年，完成了《史记》这部恢宏的巨作。《史记》不但是一部伟大的历史著作，同时又是一部非常出色的文学巨著。

yue du ti shi

阅读提示

为了实现自己的理想，司马迁忍辱负重，顽强地活着，在监牢中不懈创作，这才有了史学巨著——《史记》的诞生。只要信念还在，希望就在，不要畏惧，用你的顽强书写辉煌的人生吧！

毅力

圆周率的推算
yuán zhōu lù de tuī suàn

祖冲之是南北朝时期的伟大数学家、天文学家、物理学家。他一生有许多卓越成就，其中最重要的是对圆周率的推算。

"圆周率"是说一个圆的周长同它的直径有一个固定的比例。我们的祖先很早就有"径一周三"的说法。就是说，假如一个圆的直径是1尺，那它的周长就是3尺。后来，人们发现这个说法并不准确。东汉的大科学家张衡认为应该是3.162。三国到西晋时期的数学家刘徽经过计算，求出了3.14的圆周率，这在当时是最先进的，但是刘徽只算到这里就没有继续

算。祖冲之打算采用刘徽"割圆术"（在圆内做正6边形,6边形的周长刚好是直径的3倍,然后再做12边形、24边形……边数越多,它的周长就和圆的周长越接近)的方法算下去。

在当时的情况下,不但没有计算机,也没有笔算,只能用长4寸、3寸的小竹棍来计算。工作是艰巨的,这时祖冲之的儿子也能帮助他了。

父子算了一天又一天,眼睛熬红了,人也渐渐瘦了下来,可大圆里的边形却越画越多,3072边,6144边……边数越多,边长越短。父子俩蹲在地上,一个认真地画,一个细心地算,谁也不敢

zǒu shén
走神。

zuì hòu　　tā men zài nà ge dà yuán li huà chū le　　　biān
最后，他们在那个大圆里画出了24576边

xíng bìng jì suàn chū tā de zhōuchángshì
形，并计算出它的周长是3.1415926。

liǎng rén kàn kan bǎi zài dì shang mì mì má má de xiǎo mù gùn　　zài
两人看看摆在地上密密麻麻的小木棍，再

kàn kan huà zài dì shang de dà yuán li de tú xíng　　gāo xing de xiào le
看看画在地上的大圆里的图形，高兴地笑了。

hòu lái　　zǔ chōng zhī tuī suàn chū　　　　　biān xíng de zhōucháng bú
后来，祖冲之推算出，49152边形的周长不

huì chāo guò　　　　　　　　suǒ yǐ　　tā dé chū jié lùn　　yuán zhōu lù
会超过3.1415927。所以，他得出结论，圆周率

shì zài　　　　　　　hé　　　　　　zhè liǎng gè shù zhī jiān
是在3.1415926和3.1415927这两个数之间。

zǔ chōng zhī shì shì jiè shang dì yí gè jì suàn yuán zhōu lù jīng què
祖冲之是世界上第一个计算圆周率精确

dào xiǎo shù diǎn hòu　　wèi de rén　bǐ ōu zhōu rén zǎo le　　　　duō nián
到小数点后7位的人，比欧洲人早了1000多年，

zhè shì fēi cháng liǎo bu qǐ de gòng xiàn
这是非常了不起的贡献！

méi yǒu jì suàn jī　　yě méi yǒu bǐ　　zhǐ píng zhe yì gēn xiǎo zhú gùn
没有计算机，也没有笔，只凭着一根小竹根，

zǔ chōng zhī jiāngyuánzhōu lù yì zhí tuī suàn dào le xiǎo shù diǎn hòu wèi　　duō
祖冲之将圆周率一直推算到了小数点后7位，多

me liǎo bu qǐ ya　　bú zài kùn nan miànqián tuì suō　　yě yòngxióng xīn hé zhuàng
么了不起呀！不在困难面前退缩，也用雄心和壮

zhì qù huò qǔ chénggōng ba
志去获取成功吧！

毅力

学 艺

传说，鲁班16岁那年，觉得自己已是堂堂男子汉，该到外面学点手艺了。于是他便四处打听，哪里有好匠师可教他学艺。不久，终于打听到，在终南山山顶上，住着一位木匠祖师，专门替大户人家建造宅院的，手艺精湛。就这样，鲁班决定前去拜师学艺。

一天的清晨，鲁班打点好行装，便离家赶路去了。经过几天的长途跋涉，终于来到了终南山山顶上。他在山顶一棵大树下坐了下来，一边乘凉小憩，一边打量山顶上的房子。这里的房子式样几乎是清一式的：三开间的平房，

zhōng jiān zuò tīng táng　　liǎng biān wéi xiāng fáng　　jīng dǎ tīng　mù jiang zǔ shī
中间作厅堂，两边为厢房。经打听，木匠祖师

de jiā jiù zhù zài dì shì shāo gāo yì diǎn de nà zhuàng píng fáng li
的家就住在地势稍高一点的那幢平房里。

　　lǔ bān chī le diǎn gān liáng　　biàn lái dào fáng zi qián　　zhǐ jiàn dà
鲁班吃了点干粮，便来到房子前，只见大

mén jǐn bì　　lǔ bān qīng qīng qiāo le sān xià　　bú jiàn yǒu rén lái kāi
门紧闭。鲁班轻轻敲了三下，不见有人来开

mén　　tā jiāng ěr duo tiē jìn mén bǎn yì tīng　　wū li xiàng yǒu xiǎng shēng
门，他将耳朵贴近门板一听，屋里像有响声。

yú shì　　lǔ bān qīng qīng tuī kāi dà mén　　zǒu jìn yí kàn　　yuán lái shì
于是，鲁班轻轻推开大门。走进一看，原来是

yí wèi lǎo hàn zhèng zài shuì jiào　　bìng xiǎng léi yì bān de dǎ zhe hū lu
一位老汉正在睡觉，并响雷一般地打着呼噜。

lǔ bān xīn xiǎng　zhè yí dìng shì mù jiang zǔ shī le　　lǔ bān shì yí wèi
鲁班心想，这一定是木匠祖师了。鲁班是一位

dǒng guī ju de qīng nián rén　　tā méi gǎn dǎ jiǎo lǎo hàn　　jìng jìng de zuò
懂规矩的青年人，他没敢打搅老汉，静静地坐

zài yì biān　　děng hòu shī fu xǐng lái
在一边。等候师傅醒来。

　　lǎo shī fù zhè yí jiào shuì de kě chén　　zhí dào tài yáng kuài xī xià
老师傅这一觉睡得可沉，直到太阳快西下

shí cái zhēng kāi yǎn zuò qǐ lái
时才睁开眼坐起来。

　　lǔ bān gǎn máng xiàng qián　　guì bài zài dì shang　　lián kòu sān gè tóu
鲁班赶忙向前，跪拜在地上，连叩三个头

hòu shuō　　lǎo shī fu ya　tú dì lǔ bān jīn tiān bài shàng mén lái le
后.说："老师傅呀，徒弟鲁班今天拜上门来了，

qǐng qiú shī fu néng shōu wǒ wéi tú
请求师傅能收我为徒。"

　　lǎo shī fù chén sī piàn kè hòu　shuō　　shōu nǐ xué yì kě yǐ
老师傅沉思片刻后，说："收你学艺可以，

bú guò děi ràng wǒ xiān kǎo wèn nǐ jǐ gè wèn tí　　dá duì le　　jiù bǎ
不过得让我先考问你几个问题，答对了，就把

你收下;回答的不对,可别怪师傅无情无义,你怎么来的还怎么回去。"

鲁班惶惑不安地说:"如果今天一时回答不上来,让我明天再答,哪天能答上来,哪天让师傅收留我!"

考问开始,老师傅首先问:"一幢普通三开间的房子,要用几根大柁,几根二柁,几根檩子,几根椽子?"

鲁班不假任何思索便开口回答:"需要3根大柁,3根二柁,大小20根檩子,100根椽子。这些东西我5岁时就数过。"

老师傅在旁微微点着头,接着又问:"一种技艺,有的人3个月就能学会,有的人3年才能学会,3个月和3年都扎根在哪里?"

鲁班思考片刻后回答说:"3个月学去的手艺,扎根在眼里;3年学去的手艺,扎根在心里。"

老师傅连连点头称是:"好!好!"接着老

师傅提出第三个问题："一个木匠师傅教会了两个徒弟：大徒弟的一把斧头，挣下了一座金山；二徒弟的一把斧头，在人们心坎上刻下了一个名字。你向哪个学？"

鲁班毫不犹豫地回答："向第二个徒弟学！"

老师傅听后非常满意，十分高兴地说："好，从今天起收你为徒！"

第二天一早，老师傅便把鲁班叫到跟前，吩咐着："既然你是我的徒弟，必须按照我的要求一步步学着做。开始是一些木匠必须练的基本功，今天，你先修理一些工具。那是500年来没有用过的。"

鲁班走进工具间一看：斧头长了牙，长锯没有齿，两把凿子又秃又弯，还生满了锈。

鲁班不敢怠慢，挽起袖子便磨了起来。他白天加晚上不停地磨，两手都磨出了血泡，才把那又高又厚的磨刀石，磨得像一道弯弯的月牙。鲁班花了7个昼夜，终于把斧头磨利了，长锯锉凿出尖齿，凿子也磨出了刃。

老师傅见了点了点头。

"好吧，为了试试你凿的长锯是否锋利，你去把门前那棵大树锯倒，它已生长500年了。"

鲁班应声拔腿就走，扛着长锯来到大树下。这棵大树又粗又高，两人的手张开还无法围抱，往上一看，呀！树尖直插云端。鲁班是个有毅力的人，坐下来，便"沙沙沙"不停地锯起来。他足足锯了12个昼夜，才把大树锯倒。

鲁班向老师傅禀报完成锯树任务后，老师傅又吩咐他："为了试试你磨的这把斧头，你把这棵大树砍成一根大柁，光溜得不留一点毛刺，圆得要像十五的月亮。"

毅力 故事 YI LI GU SHI

鲁班转身提着斧头出去。先是砍去大树的枝杈，然后削掉树疤，末了细细加工。鲁班又足足花去12个昼夜，才把一根大椽砍好，提起斧头进屋见老师傅。

老师傅听完鲁班禀报后，再吩咐着："为了试试你磨的凿子，由你在这大椽上凿出2400只眼子来，其中方的、三棱的、扁的各800只。"

鲁班提起凿子便凿起来，又足足凿了12个昼夜，将2400只眼子凿好后，回屋见老师傅。

老师傅见鲁班出色地完成了各项任务，知道鲁班学艺的恒心和毅力，便传授给他很多高超手艺。

yue du ti shi
阅读提示

鲁班用无数个昼夜出色地完成了各项任务。让老师傅真正折服的是鲁班学艺的恒心和毅力。是啊，只要有恒心，有毅力，什么事做不成呢！

毅力

锲而不舍的赵九章

赵九章14岁那年，因家境贫寒，不得不辍学去一家小店当学徒。

一天下来，赵九章累得精疲力尽，但每天晚上，他仍然坚持学习到深夜。

一天夜里，老板娘起来上厕所，看到店铺窗上透出亮光。走近一看，是赵九章在油灯下埋头读书，就大骂起来，说他不该点灯耗油。

赵九章只好吹熄油灯。

为了能继续读书而不被老板发现，他想出了个巧妙的办法：用竹篾和十几层废纸做了一只上尖下圆的灯罩，在灯罩的一侧开了个豆粒

大的小孔。小孔透出的一点亮光，只能照见两

三个字，他只好不停地移动着书，几个字几个

字地读。

　　这样读了没多久，就又被老板娘发现了。

她大发雷霆，把赵九章做的灯罩撕得粉碎，还

罚他一个月不准吃晚饭。但是，这也未能阻止

住勤奋好学的赵九章，他把书上的定义、公式、

定理按理序剪下，放到衣袋里，稍有空闲就掏

出看几眼，走路时也一张张地掏着看，默默地

背诵，细细地思考。就这样，他用锲而不舍的

精神，在半年多的时间里学完了初中物理。

　　后来，赵九章在一位姑母的赞助下重返学

校，以优异的成绩考入大学，接着又到德国留

学，获得博士学位。由于赵九章不懈地努力，

他终于成为我国闻名世界的动力气象学家、地

球物理学家和空间物理学家。在许多重要的

科学领域中，他为祖国作出了卓越的贡献。

锲而不舍又成就了一位伟大的科学家！让我们也像赵九章一样锲而不舍地追求真知吧，相信我们的明天也会同样灿烂。

毅力

甘愿去敌国为奴的国王

春秋时期，吴国与越国经常兵戎相见。越王勾践继位后，亲率大军进攻吴国，但主力部队被吴王夫差的精兵所灭，只能退守会稽山。勾践派人向夫差求和，夫差同意了，但提出了勾践夫妇必须去吴国做仆人的条件。

作为一国之主，要到吴国去当奴仆，显然

是一件非常屈辱的事。但是勾践强忍内心的屈辱和悲痛，向大臣们交待好国家大事之后，带着妻子和大臣范蠡来到了吴国。

在吴国，勾践坐过牢，后来，又被派到马棚干活。勾践和妻子两人每天都在马棚中辛勤地劳作：喂马、打扫马棚、清除马粪，干得十分卖力。因为勾践知道，要想复仇雪耻，只有先含垢忍辱。夫差生病的时候，勾践还亲自尝夫差的粪便，帮助诊断夫差的病情，以此表达自己对夫差的忠心。夫差对此深受感动，从此也慢慢放松了对勾践等人的警惕，最后，还把他们放回了越国。

勾践回国之后，吸取了过去的教训，对自己严格要求。他抛弃了帝王享有的锦衣玉食，生活一切从简。他睡的是柴草铺的床铺，每天亲自下田耕种，他的妻子也亲手纺纱织布，以此为人民做出表率，并磨炼自己的意志。勾践还在屋里悬挂了一只苦胆，早晚都要将苦胆放进嘴里尝一尝，时刻提醒自己不要忘记在吴国所受的耻辱。这也就是人们常说的"卧薪尝胆"。

人们都知道，睡绸缎铺成的床铺肯定要比睡柴草铺成的床铺舒服，每天尝一下苦胆的味道，那可真是苦到心里去了，但是勾践为了自己和越国以后不再受苦、受侮辱，他默默地忍受着苦难，不断磨炼自己。

就这样，勾践励精图治，带领人民发展生产，集聚财富；加强教育，训练军队。全国上下齐心协力，不到十年的工夫，越国就强大起来了。此后，勾践率军攻打吴国，很快就灭了吴国。

yì guó zhī jūn néng rěn shòu rú cǐ de chǐ rǔ　néng zài è liè de huán
一国之君能忍受如此的耻辱，能在恶劣的环

jìng zhōng mó liàn zì wǒ　xìn niàn hé yì lì shì zuì hòu shi de zhī chēng　zhè
境中磨炼自我。信念和毅力是最厚实的支撑，这

cái yǒu le yuè guó zuì hòu de shèng lì　xīn zhōng shǐ zhōng yōng yǒu yí gè jiān
才有了越国最后的胜利。心中始终拥有一个坚

dìng de xìn niàn　chénggōng jiù lí nǐ bù yuǎn
定的信念，成功就离你不远。

毅力

zhāng jū zhèng shào nián shòu cuò
张居正少年受挫

míng cháo yǒu yí wèi hěn yǒu zuò wéi de dà chén jiào zhāng jū zhèng　tā
明朝有一位很有作为的大臣叫张居正。他

xiǎo shí hou tiān fèn jí gāo　jiā shang qín fèn hào xué　suì biàn néng dú
小时候天分极高，加上勤奋好学，5岁便能读

shū　suì jiù kǎo zhòng le xiù cai　bèi dāng dì rén chēng wéi　shén tóng
书，12岁就考中了秀才，被当地人称为"神童"。

zhāng jū zhèng　suì nà nián　lí kāi jiā xiāng jīng zhōu qián wǎng wǔ
张居正13岁那年，离开家乡荆州前往武

chāng cān jiā xiāng shì　zài kǎo chǎng shang miàn duì shì tí　zhāng jū zhèng wén
昌参加乡试。在考场上，面对试题，张居正文

思如泉涌，提笔一挥而就。考官看了他的试卷后，大加赞赏，立即决定录取他为举人。

当时，著名才子、湖广巡抚顾璘正在武昌巡视。考官阅完卷后，兴冲冲地拿着张居正的试卷给顾璘看。顾璘看后，认定张居正是个难得的人才，但他从张居正文中的字里行间发现他过于张扬，锋芒太露，便按捺住心头的喜悦，决定不录取他。

考官一时迷惑不解。顾璘解释说："张居正锋芒初露，确实是个人才，让他过早成名，会滋生他的自满情绪，从而断送了进取心。要

是让他落第，受些挫折，虽然晚了三年，但能令他变得更成熟。"

张居正落第以后，少年得意的劲头被扫了个干干净净，闷闷不乐地返回了荆州。但是他的消沉情绪很快就过去了，他重新打起精神埋头苦读。三年后，16岁的张居正在乡试中考取了第一名。

张居正知道了上次落第的事，所以特地去拜见顾麟。顾麟说："平白耽误了你三年，这是我的过错。但我是希望你能有远大的抱负，而不只是做一个少年才子。"张居正果然没让顾麟失望，成了一代名臣。

yue du ti shi
阅读提示

挫折是人生的财富！有志气、有毅力的人总能从挫折中重新奋起，通过不懈的努力取得一个又一个成功。

毅力

预测地震的先驱者

地震作为一种毁灭性的天灾，具有无法估量的破坏性，它曾经无数次给人类造成累累伤痕。因而，对地震的预测，在人类生存领域中占有极为重要的位置。

我国东汉时期，地震十分频繁。身为朝廷太史令的张衡，负责记录全国各地发生地震的详细情况。

公元119年，京都和附近42个郡发生了大地震，张衡亲眼看到无数的房屋倒塌，土地陷裂，百姓死伤不计其数。惨不忍睹的情景大大刺激了张衡，他发誓道："我一定要制成一种能够测报地震的仪器，让天下老百姓少受灾害！"

说起来容易，做起来难。在那个时代，还从来没有人听说过地震可以测知。在人们的观念中，地震灾难的降临，是因为上天发怒，是对人类的惩罚。

当听说张衡要制作能测地震的仪器，很多人都嘲笑他说："你这是白日做梦！痴心妄想！"

对于人们的嘲笑，张衡一点也不在意。他是在做"梦"，不仅白天想着这事，连晚上也不能释怀。他凭着百折不挠的精神，结合自己丰富的天文地理知识，花了好几年的工夫潜心研究，并进行了无数次的试验。

功夫不负有心人。公元132年，一台能测报地震方向的仪器终于问世了。它被称作"地动仪"，由青铜铸成，形状像个大酒樽，顶上有凸起的盖子。地动仪的表面刻着篆文、山石、乌龟和鸟兽花纹。周围还镶着8条卧龙，龙头朝着不同的方向。每条龙的嘴里都含着一颗浑圆的铜球；龙头下面的地上，各蹲着一只铜铸的青蛙，它们都抬头张嘴，似乎在等待着吞食龙嘴里吐出来的铜球。

一旦哪个方向发生地震，中间的钢柱就朝哪个方向摆去，牵动横杆，就把那个方向龙头的上部提起，龙嘴就会张开，钢球也就自动落到下面青蛙的嘴里面。这时，人们就知道哪个方向发生了地震。

听说张衡制成了一架能测报地震的仪器，很多人都不相信。他们跑来参观了半天，也看不出什么名堂，嘀咕道："就这么个酒坛子一样的东西，能测报地震？"

"它要是能测报地震，我就把我家的酒坛子也抱来！"

不管人们怎么嘲笑，张衡一声不吭。他相信，虽然人们现在不理解，总有一天人们会相信的。

公元138年的一天，张衡正在看书。忽然间，只听"当"的一声脆响，惊动了张衡，他赶忙跑过去一看，是地动仪朝西北方向的龙嘴里吐出了铜球，铜球落进了蛤蟆嘴里。

张衡激动地叫了起来："西北方向发生地震了！"

这是张衡的仪器第一次起作用啊，他太高兴了。可是，当时的洛阳城里没有人感觉到地震，他们嘲笑张衡是扰乱民心、瞎折腾，连一向信任他的皇帝这回也半信半疑了。

没想到，过了几天，甘肃陇西派人骑马赶来向皇帝报告："陇西四天前发生地震，灾情严重！"

这一下，张衡地动仪测报地震的准确性得到了验证，整个洛阳一下子轰动了，人们完全消除了对地动仪的疑虑。要知道，东汉的陇西位于现在甘肃省临洮县一带，距洛阳有500多公里。因此当地发生强烈地震，都京地区的人丝毫没有感觉到，而地动仪却利用地震波测出了那个方向发生了地震！

张衡创制的地动仪，是世界上最早的一台会测报震向的科学仪器，它首开人类科学测报地震的先河。

在此之后一千多年，欧洲人才发明了类似的地震仪。

阅读提示

有头脑的人，不会因为受到嘲笑而改变主意，因为他坚信：真正有价值的东西，要通过时间来验证，会在别人的嘲笑中渐渐升值。学会做自己想做的事吧，不要因任何嘲笑而停止步伐！

毅力

暗夜明烛
àn yè míng zhú

东汉大哲学家王充，字仲任，会稽上虞人，他从小就很聪明，20岁到洛阳进太学，拜大学者班彪为师。他并不满足于老师的教授，把大学里的藏书都读遍了，又到街上寻找新书，因为家里穷买不起，他就站在书店里阅读。他记忆力好，又专心致志，所以能过目不忘。王充不盲从老师的讲解，也不盲目信从书本，而是独立思考，融会贯通，注重联系实际。

学成之后，他无意做官，而是回乡教书、写作。虽也做过郡县里的文案，却往往与上级官员意见不合，做不长久。后来他干脆回家，闭门谢客，一心一意著书立说。这时的王充，家境贫寒，门庭冷落，然而他踏实、精力充沛，写起书来不知疲倦。他在卧室和书房里，到处都放着写作用具，想起什么，就随手记下来，作为写书的素材。就这样，他差不多花费了30年的心血，写成了《论衡》这部哲学巨著。

他在写这部书的时候，一天，汉章帝突然派使者驾着高大华丽的马车接他进京去做官。然而，王充却不为所动，以年老多病为由，婉言谢绝了。当他年近七十的时候，知道将不久于人世，可觉得还有好多话要说，于是，又写了一篇《自记》，也就是他的自传。而他的《论衡》就像暗夜里的一支明烛，闪烁看智慧的光芒。

bú gù yí qiè   bù zhī pí juàn de nǔ lì   shí xiàn zì jǐ de lǐ
不顾一切，不知疲倦地努力，实现自己的理
xiǎng wáng chōng jiù shì zhè yàng zuò dào de   ràng wǒ men yě wèi zì jǐ de lǐ
想，王充就是这样做到的。让我们也为自己的理
xiǎng nǔ lì ba
想努力吧！

毅力

pú sōng líng luò bǎng bú luò zhì
蒲松龄落榜不落志

qīng dài xiǎo shuō jiā pú sōng líng   zì yòu cōng míng yǐng wù   qín fèn
清代小说家蒲松龄，自幼聪明颖悟，勤奋
hào xué   suì shí jiē lián kǎo zhòng xiàn shì   fǔ shì   yuàn shì sān gè dì
好学，19岁时接连考中县试、府试、院试三个第
yī   cǐ hòu què měi cì kǎo shì dōu bǎng shang wú míng   zhí dào   suì nà
一，此后却每次考试都榜上无名，直到71岁那
nián   cháo tíng cái gěi tā bǔ le gè gòng shēng
年，朝廷才给他补了个贡生。

zài kǎo chǎng shang de lǚ cì shī lì   ràng pú sōng líng chè dǐ kàn qīng
在考场上的屡次失利，让蒲松龄彻底看清
le kē jǔ zhì dù de hēi àn fǔ xiǔ   tā fèn rán fàng qì kǎo shì   zhuǎn
了科举制度的黑暗腐朽，他愤然放弃考试，转

而著书立说，决心用写作的方式来揭露和批判社会的黑暗现实，歌颂人间的真善美。

为了勉励自己，蒲松龄在经常使用的铜镇尺上刻了一副对联：有志者事竟成，破釜沉舟，百二秦关终属楚；苦心人天不负，卧薪尝胆，三千越甲可吞吴。

踌躇满志的蒲松龄回到山东淄博老家，安下心来写作。他发现民间流传的许多神鬼故事，疾恶扬善，寓意深刻，能够警醒世人，就决定整理改编这些故事，借以表达自己的人生追求和政治理想。

可怎样搜集更多这类的故事呢？蒲松龄想了一个办法。他在村头开了一家茶馆，并贴出：凡是会讲神鬼故事的人，喝茶免费。消息一传开，吸引了很多好奇的人，纷纷来到茶馆讲故事。

从此，蒲松龄白天像孩子一样倾听人们讲

故事，晚上就把这些故事整理记录下来。经过三年的呕心沥血，他终于完成了一部短篇小说集《鬼狐传》，这就是我国文学史上的瑰宝——《聊斋志异》。

yue du ti shi

学识渊博，才智过人的蒲松龄屡试不第，但这始终没有消磨他的斗志。他依靠自己的不懈努力走出了另外一条成功之路。因此，无论我们做什么事。当遇到困难时都不要气馁，要坚信"有志者，事竟成"。

毅力

máng rén xiū lì
盲人修历

历法，是将年、月、日等计时单位，根据一

定的法则组合起来，提供记录和计算较长时间用的。参加修订历法的人要有高深学问，必须具备天文、历法和数学等方面的专业知识。古往今来能参与修历的人，尤其是主持修历的人，屈指可数。然而历史上北宋的《奉元历》，却是一位盲人学者——卫朴主持修成的。为此，他青史垂名至今。

卫朴从小酷爱天文和数学，每次借到这方面的书籍，总是爱不释手，倾注全部心力地阅读。由于家境贫寒，卫朴白天要帮助家里干活，只能在晚上读书。久而久之，那昏暗的油灯严重地损伤了他的视力，致使卫朴在30来岁时便双目失明，不得不在镇上一座破庙里给人占卜算命，糊口度日。与此同时，他用顽强的毅力磨炼自己的记忆力。天长日久，卫朴便能做到过耳不忘，并成为一位擅长筹算，兼善心算的学者。

历书的内容，大多是由数据组成的。尽管如此大量的数据，每当卫朴叫人读给他听，随后，他都能准确无误地背诵出来。有一次，卫朴请人抄写一本历书，抄好后叫抄书人再读给他听一遍，他听着听着，突然喊道："慢，这里抄错了一个字！"经抄书人校对原文，果然那个字是被抄错了。

卫朴能敏捷地用算筹运算很大的数字。"算筹"是当时人们进行计算的工具，运算时，把许多根同样粗细和长短的小竹棍(或小木棍)摆成不同的行列，表示不同的数目进行各种计算。摆列时纵横相间，非常麻烦，一不小心就会搞错。进行复杂计算时，常常是满桌算筹，稍有疏忽便会前功尽弃。卫朴是个盲人，但他刻苦训练，单凭手指的感觉，就能灵巧而准确地使用被他触摸得暗红发亮的算筹，连视力正常的人也比不上他的"运筹如飞"。有一次，

47

yǒu rén gù yì tóng tā kāi wán xiào zài tā yùn suàn shí yǒu yì nuó dòng
有人故意同他开玩笑，在他运算时，有意挪动

yì gēn suàn chóu tā yòng shǒu zhǐ chù mō lì jí fā xiàn wèi zhì yǒu biàn
一根算筹，他用手指触摸，立即发现位置有变

dòng yú shì chóng xīn yùn suàn
动，于是重新运算。

wèi pǔ yòu néng quán píng xīn suàn jiā jiǎn chéng chú tuī suàn chū rì yuè
卫朴又能全凭心算加减乘除，推算出日月

shí fā shēng zài tuī suàn zhōng tā fā xiàn dāng shí de lì fǎ suí zhe
食发生。在推算中，他发现当时的历法，随着

suì yuè de liú shì yǐ jīng chū xiàn le bù shǎo wù chā bù néng zài jì
岁月的流逝，已经出现了不少误差，不能再继

xù shǐ yòng le bǐ rú dāng shí shǐ yòng de chóng tiān lì yù bào
续使用了。比如当时使用的《崇天历》预报1068

nián yuè rì wǎn jiāng fā shēng yuè shí dàn jīng wèi pǔ yàn suàn tí
年7月15日晚将发生月食，但经卫朴验算，提

chū bù kě néng fā shēng yuè shí de xīn lùn duàn bìng bǎ zhè yí lùn duàn
出"不可能发生月食"的新论断，并把这一论断

xiě xìn gěi cháo tíng zhōng fù zé guān cè tiān xiàng tuī suàn lì shū de sī tiān
写信给朝廷中负责观测天象、推算历书的司天

监。可是司天监中那些昏庸权宦们根本看不起这位出身低微，又是瞎子的人，没有理睬他的意见。可到了那天晚上，一轮明月当空，月色皎洁，证实了卫朴新的论断，没有发生月食。

这事被新上任司天监主管的沈括知道了，觉得卫朴是一位修订历法的合适人选，准备推荐他到司天监工作。但是，他想到历法是国家一项重要而严肃的工作，对于一个盲人来说，这一艰巨工作能胜任吗？考虑再三，决定先召他来京都面试一下再说。

卫朴到京都后，沈括便请卫朴到官府来面谈。先是寒暄了一阵，然后便请卫朴谈谈对历法的看法。卫朴虽然双目失明，生理上有严重缺陷，但是，由于他平时孜孜不倦勤习苦练，使他颖慧过人，才思敏捷，因而在回答有关历法问题时，口若悬河，滔滔不绝。当谈到历代几个重要的历法时，能够旁征博引，分析透彻，评价确当；对现行历法的弊漏也说得清楚明了；对如何修订历法更是有一番创新的见解。

沈括边听边点头称是，还不时插话提问；卫朴也都一一作答。

为了对卫朴的计算能力和历法上的造诣更深入的了解，几天后，沈括又对卫朴进行一次面对面考试。题目是：《春秋》一书中记载有多少次日食？

才华横溢的卫朴未假思索，立即回答说："在《春秋》中共记载有36次日食，其中用各种历法验算证实的有二十六七次，而经唐朝天文学家一行验算证实的有29次，根据我的验算证实的有35次。"

沈括看到卫朴对日、月食知识有如此坚深的功底，连声赞好。

接着，沈括又命人取来算筹，想让卫朴当场进行实际验算，以了解卫朴的实际计算能力。真是名不虚传，卫朴以他熟悉的手法，飞快地摆动着算筹，不太长时间便将前人尚未验证的几次日食验算出来。卫朴一边验算，一边还作些必要的解释。

沈括亲眼目睹双目失明的卫朴敏捷地进行运算，惊叹不已。

经过这场面试，证实沈括原来的想法，卫朴确实是一个有真才实学的学者。于是正式推荐他到司天监任职，不久，朝廷破格让他主持修订《奉元历》，颁行全国。

阅读提示
yue du ti shi

双目失明的卫朴以坚强的毅力炼就一手筹算的硬功夫，还主持修了《奉元历》，他的才学和精神令人敬佩。只要心中有信念，就还有希望，你也一样能成就辉煌的人生。

盲童变成了著名诗人

<small>máng tóng biàn chéng le zhù míng shī rén</small>

唐汝询三岁就跟哥哥读书了，人十分聪
明。谁曾想，他五岁时生了一场病，双目失明了！

母亲流着泪说："这孩子将来怎么办呢？"

父亲只是叹气，愁得一句话也说不出来。哥哥
们都表示，等长大了好好儿养活小弟。

小汝询比谁都伤心，都悲观。但过了一段
时间，他的情绪逐渐安定了下来。他想，老是
伤心有什么用；将来靠别人养活也不是办法，
得学些真本事才对。从此，他每天都去书房，
用心地听哥哥们读书，并把听到的文章和诗
歌，牢牢地记在心里。

kāi shǐ shí xiào guǒ bú cuò   gē ge men niàn de yì xiē wén zhāng
开始时效果不错，哥哥们念的一些文章、

shī gē   chà bu duō tā dōu néng bèi sòng xià lái   dàn shì   shí jiān yì
诗歌，差不多他都能背诵下来。但是，时间一

cháng tā jiù jué de nǎo dai tài xiǎo tài xiǎo   wén zhāng zhuāng bú xià le
长，他就觉得脑袋太小太小，文章"装"不下了：

jì zhù le wén zhāng diū le shī gē   jì zhù le shī gē ne   yòu diū le
记住了文章，丢了诗歌；记住了诗歌呢，又丢了

wén zhāng
文章！

zhè kě zěn me bàn ne
"这可怎么办呢？"

táng rǔ xún zhè shí xiǎng qǐ fù qīn jiǎng de tài gǔ jié shéng jì shì
唐汝洵这时想起父亲讲的太古结绳记事

de gù shi biàn duì zì jǐ shuō   ràng wǒ yě dāng tài gǔ rén ba
的故事，便对自己说："让我也当太古人吧。"

tā yī zhào tài gǔ rén de zuò fǎ   yòng jǐ gēn cū xì bù yī de
他依照太古人的做法，用几根粗细不一的

绳子，在上面打着各种各样的疙瘩，用来表示学习的内容。后来又想出一个办法，用刀子在木板或竹竿上，刻出各种各样的刀痕当记号，记文章和诗歌。结果很不错，几年以后，他可以作诗了。

不久，小汝询的诗引起了人们的注意，受到了鼓舞，他决心在诗歌创作上，有一番作为。

唐汝询一面学习，一面创作，一生写下了上千首诗，出了好几部诗集，成为明代著名的盲人诗人。

阅读提示

一个盲童成长为著名的诗人，这无疑又是人间的一则"神话"。这样的成功靠的是坚韧的毅力，不懈的努力，没有这些，成功只能是空谈。

毅力

李时珍与《本草纲目》

李时珍是我国明代伟大的医学家。他的父亲是一位民间医生。20岁那年，他就像父亲那样走南闯北，靠行医为生了。有一天，他父亲正在药园里劳动，突然一个病人家属匆匆忙忙地跑来向他的父亲说："吃了您开的药，病没有减轻，反而加重了……"病人家属说不下去了。

李时珍听了，感到非常纳闷：怎么会是这样呢？我亲眼看见，药方没有错，剂量也没有错，那到底是错在哪儿？细心的李时珍决定查个究竟。几天后，他终于查出，原来药铺根据一部医书上的错误记载，将有毒的"虎掌"当成无毒的"漏篮子"用了。

"古人流传下来的本草书也有错——错误的医书害人不浅啊！"李时珍暗暗发誓，要写出一部真正的本草医书来，造福更多的人。

于是，李时珍一边行医，一边积攒资料，每到一处都细心地向有经验的药农请教。有一回，他从一本医学书上看到写蕲州（李时珍的家乡）白花蛇的文字，说这种蛇腹部有24块斜方块，有很高的药用价值，但是数量有限，所以很珍贵。他想，自己生在蕲州，长在蕲州，怎么没见过这样的白花蛇呢？这蛇身上真的有斜方块吗？到底有哪些药用价值？他照抄照搬也没有人会说什么，可是他一定要亲跟看一看，来个"眼见为实"。他不辞辛苦地来到深山老林中，找到了捕蛇人，逮到了白花蛇，亲眼看到蛇身上的24块斜方块，并一一询问了这种蛇的特性和药用功能……

整整27年，李时珍终于完成了医学巨著《本草纲目》。他对这部医书作过三次较大的修改，打破了传统的分类方法，按照植物、动物、矿物等科学的分类方法，对书中的各章节作了科学分类，共分52卷、16部、62类，收药1892种。

《本草纲目》不同于一般的医学著作，它是一部科学巨著，是一部"东方医学巨典"，所以也称得上是医学史上的一大发明。

阅读提示 yue du ti shi

跌倒的地方有风景——但必须爬起来才能看见，只有将问题或困境当成挑战，将目标和信念化为力量的人，才能最终走向胜利的目的地。毅力

徐霞客麻叶洞探险

xú xiá kè shì wǒ guó míng dài jié chū de dì lǐ xué jiā lǔ xíng
徐霞客是我国明代杰出的地理学家、旅行
jiā tā cóng suì kāi shǐ biàn bú wèi jiān nán xiǎn zǔ sān shí nián
家。他从22岁开始，便不畏艰难险阻，三十年
rú yí rì zǒu biàn le zǔ guó de míng shān dà chuān jìn xíng shí dì kǎo
如一日，走遍了祖国的名山大川，进行实地考
chá yǒu yí cì xú xiá kè lái dào le hú nán zài yí gè lǎo rén
察。有一次，徐霞客来到了湖南，在一个老人
jiā li jiè sù
家里借宿。

tā xiàng lǎo rén dǎ ting má yè dòng de zǒu fǎ kě lǎo rén quàn
他向老人打听麻叶洞的走法。可老人劝
tā bú yào qù shuō nà lǐ yǒu shén lóng xú xiá kè biàn qǐng le
他不要去，说："那里有神龙。"徐霞客便请了
yí gè xiàng dǎo tā men lái dào dòng qián zhǐ jiàn dòng li yí piàn qī
一个向导。他们来到洞前，只见洞里一片漆
hēi miǎnqiǎng kě yǐ ràng yí gè rén pá jìn qù
黑，勉强可以让一个人爬进去。

xiàng dǎo yí kàn bù gǎn jìn qù le zhōu wéi lái le xǔ duō kàn
向导一看，不敢进去了。周围来了许多看
rè nao de rén dōu wèi xú xiá kè dān xīn hǎo xīn de rén men quàn tā
热闹的人，都为徐霞客担心。好心的人们劝他

也不要进去冒险了，可徐霞客并不在意，从容地脱下衣服，拿着火把，毅然决然地钻入了洞里。

他默默地向前爬着，地下的石子儿不时地刺痛他的皮肤。一会儿，洞变大了些，可以直立行走了。洞里到处哗哗流水，阴森恐怖。到了洞底，他也没有发现什么奇特的东西，可他不甘心，继续摸索。

忽然，他发现洞底的一侧有一个圆窟窿，穿过这个窟窿，奇景立刻展现在了眼前：洞中的乳石千姿百态，一块大石平坦如床，四周垂乳围绕，如同帷幔，仿佛进入了另一个大千世界。

这次麻叶洞探险，使徐霞客获得了许多珍

贵的资料。经过更多次地考察与探险，最终，徐霞客完成了一本非常著名的长达六十余万字的《徐霞客游记》，具有极其重要的科学价值。

yue du ti shi
阅读提示

科学的道路不是平坦的、一帆风顺的，它也需要坚强的毅力和勇气，只有用"探索"这部钻机才能获得真知！

毅力

茅以升立志造桥

我国著名的桥梁专家茅以升，9岁时就有一个理想：长大一定要当个造桥专家，在祖国的江河上架起一座座结实漂亮的大桥。

他15岁时，以优异的成绩考入唐山路矿学堂学土木工程。毕业那年，他又以第一名的成绩考取北京清华学堂留美官费研究生。

美国留学归来，茅以升终于遇到了造大桥的机会。由他主持的中国人自己建造的第一座大桥，在钱塘江上架起来了。当一列火车隆隆地驶过钱塘江大桥时，茅以升随着欢乐的人群走上了大桥，眼泪夺眶而出。

解放后，他又筹建了武汉长江大桥。他终于实现了自己的理想，成为国际桥梁界的知名人士。

阅读提示 yue du ti shi

为了理想从没有停止前进的步伐，茅以升最终实现了自己的理想。让我们从现在开始也朝着理想不懈地努力吧。

毅力

近四十年的大自然日记

我国著名的气象学家竺可桢从青少年时代起，就立下了"科学救国"的志向。他就像一位在大自然中巡逻的哨兵，时刻都在观察着大自然的每一个变化。他的笔记本，仿佛是一本大自然的日记。

从1936年到1974年，竺可桢的日记连续38年一天都未间断过，他的四十多本日记加在一起共计八百多万字，令人叹为观止。日记本里记录的项目不胜枚举："3月12日，北海冰融；3月29日，山桃始花。……"

他为什么要给大自然记日记呢？原来竺

可桢在研究"物候学"，这门科学与农业生产的关系非常密切。1962年春天，北京农村的花生播种后，受到了严重的冻伤。农民们都弄不清是怎么回事。

打开竺可桢的笔记本，他们找到了答案。

原来，1962年北京的山桃、杏树开花的日子，比1961年推迟了10天。物候学表明，1962年的农业季节推迟了，花生的播种日期也应推迟才对。

为了更好地观察大自然，本来可以坐汽车上班的竺可桢宁愿步行，一边走，一边细心地观察周边的一切。他能发现树上的第一片绿叶，能看到天空飞过的第一只燕子……

竺可桢花费了多年的心血，以其矢志不渝

de jīng shén jí yán jǐn de kē xué tài du zhōng yú xiě chéng le wù hòu
的精神及严谨的科学态度，终于写成了《物候

xué yì shū wèi wǒ men liú xià le bǎo guì de jīng shén cái fù zhú
学》一书，为我们留下了宝贵的精神财富。竺

kě zhēn shì wǒ guó jìn dài dì lǐ xué hé qì xiàng xué de diàn jī rén
可桢是我国近代地理学和气象学的奠基人。

yue du ti shi
阅读提示

jǐ shí nián rú yí rì de jīng xīn guān cè zhú kě zhēn yǐ qí shǐ zhì bù
几十年如一日的精心观测，竺可桢以其矢志不

yú de jīng shén hé yì sī bù gǒu de kē xué tài du zhōng yú xiě chéng le wù
渝的精神和一丝不苟的科学态度，终于写成了《物

hòu xué tā de jīng shén hé chéng jiù jiāng yì zhí jī lì zhe wǒ men
候学》。他的精神和成就将一直激励着我们。

毅力

yuán lóng píng fā míng xiān xíng zá jiāo shuǐ dào
袁隆平发明籼型杂交水稻

nián yuè rì xià wǔ běi jīng jīng xī bīn guǎn de huì
1981年6月16日下午，北京京西宾馆的会

yì shì li yáng yì zhe rè liè de xǐ qìng qì fēn yuán lái guó wù
议室里，洋溢着热烈的喜庆气氛。原来，国务

yuàn zhèng zài zhè lǐ zhào kāi bān jiǎng dà huì shòu yǔ xiān xíng zá jiāo shuǐ dào
院正在这里召开颁奖大会，授予籼型杂交水稻

发明者特等奖。

在一阵热烈的掌声中，一位衣着朴素的中年人健步走上主席台领奖。他就是我国著名的水稻专家袁隆平。今天，他代表全国籼型杂交水稻科研协作组，接受了建国以来国务院颁发的第一个特等奖，与此同时，他个人也荣获一枚特等发明奖章。

面对这份特殊的荣誉，袁隆平却谦逊地说："这是整个科研协作组共同努力的成果，也是我们取得的初步成功。除了籼型，还有粳型，我们还有许多事情要做。"

籼型杂交水稻的培育成功，不仅是我们国家的一件大事，在国际上也引起了巨大的反响。人们都知道，大米是我国南方人民的主要粮食。在中国这样一个人口众多的国家，大米的供应是否充足，事关国计民生。但是，建国初期，我国的农业生产力水平较低，水稻产量

一直徘徊不前。

1954年，袁隆平从西南农学院农学系毕业，生长在城市的他毫不留恋舒适的城市生活，来到位于湖南黔阳地区安江镇的黔阳农校，当上了一名普通的教师。还在大学时代，袁隆平就怀有一个梦想：培育一种高产优质的水稻品种。

到了农校后，袁隆平开始努力将自己的梦想变成现实。从1960年开始，他在农校的试验田里踏上了寻找高产新品种的艰苦征途。在试验中，袁隆平渐渐地摸索出了研究的方向：如果能培育出杂交水稻种，那么它的第一代将以最大的优势，使水稻大幅度增产。

袁隆平知道，要培育杂交稻种，首先必须找到水稻雄性不育的植株。因为水稻是雌雄同花的自花授粉植物，在同一朵花上并存着雌蕊和雄蕊。只有找到雄性不育的水稻植物，才能实现异花授粉，从而培育出杂交的水稻种子。

为了找到雄性不育的水稻植物，袁隆平在每年的水稻扬花季节，都要在几百万株水稻中细心搜寻，就像大海捞针一样艰难。

1964年，水稻扬花的季节又到了，袁隆平照例巡视在试验田间。忽然，他眼睛一亮，眼前的这株水稻，稻花内雌蕊发育正常，而雄蕊没有花粉，已呈干枯状。这正是他几年来苦苦寻觅的稻株啊！

袁隆平激动地半跪在田埂上，俯下身子，小心翼翼地把它从泥田里挖出来，移栽到试验盆里。

农校的同事打趣地说："怎么，这株稻苗成了你的宝贝了？"

袁隆平兴奋地说："对，它现在比什么都重要！"

随后，他又相继发现了三株"宝贝"。这

回，他风趣地说："我今年可是大获丰收，连连得'宝'啊！"

看到袁隆平搞试验的这股干劲，同事们都钦佩不已，不由得更加热心地协助他完成试验。

这一年，袁隆平对这四株水稻实行"特别管护"，亲自灌溉施肥，定期观察并认真记录。他用别的稻花和它杂交，成功地繁殖了一代雄性不育的稻种。根据试验记录，他写成了一篇论文《水稻雄性不孕性》，发表在1966年第四期《科学通报》上。

由此，在培育杂交水稻良种的征途上，袁隆平迈出了非常重要的一步。正当他准备进一步深入研究时，"文化大革命"开始了，他的工作受到了很大影响，研究进程也慢了下来。但是，在锣鼓喧天的"文革"浪潮中，他并没有放弃他的梦想，研究工作一直在艰难地进行着。

1970年，袁隆平的研究出现了重大进展，距离成功的顶峰仅有一步之遥了。但是，这关键的最后一步，需要集体的力量才能完成。1971年，中国农业科学院成立了杂交水稻协作组，组织了全国各地几百名农业科学工作者，在袁隆平的统一指导下进行最后的攻关行动。

众人拾柴火焰高。在集体的努力下，1973年，袁隆平十余年的梦想终于变成了现实：他试种的水稻亩产达500公斤，而晚稻亩产达600公斤！其实，这又何尝不是世世代代在土里刨食的广大农民的梦想呢？

籼型杂交水稻的培育成功，大幅度提高了水稻的产量，它的种植迅速在全国范围内推广。1975年，杂交水稻种植面积5000亩，到1980年已猛增到8000多万亩。后来，柬埔寨、菲律宾、泰国等国家也相继引进。袁隆平理想的种子，成功地在世界范围内生根发芽，结出累累硕果。

他，被人们誉为"杂交水稻之父"。

阅读提示

怀揣着梦想，逆境中也不放弃研究，袁隆平十余年的不懈努力终于将梦想变成了现实。相信自己吧，只要肯努力，我们也能将梦想变成现实。

毅力

磨砺成就大师

齐白石是我国近现代著名的国画大师。他年轻时非常喜欢篆刻，为了学习篆刻的手艺，他吃了很多的苦。有一天，他去向一位老篆刻家求教。可那位老篆刻家并没有教他如何篆刻。

老篆刻家对他说："你挑一担石头在上面练习刻字，刻好后把字磨掉，然后再刻，刻了磨，磨了刻，等石头变成了泥浆，篆刻自然就学成了。"

齐白石听完后，虽然有些不明白，但是他觉得老篆刻家的话总是有道理的，于是就按照老篆刻家的话去做了。他挑了一担石头，每天都不间断，埋头苦苦地练习起来。

他一边刻字，一边拿着一些篆刻名家的作品进行对照、比较和琢磨。若是发现不足的地方，就把字磨平再重新刻，反复地练习，严格地要求自己。

渐渐地，齐白石的手上磨出了血泡，钻心地痛，可他仍咬紧牙关挺着，依然专心致志地刻着、磨着，对篆刻艺术精益求精，力求创作出好的篆刻作品。

他手上的血泡变成了厚厚的茧子，挑来的石头越来越少，地上磨碎的石头变成的泥浆越来越厚。最后，齐白石的篆刻本领终于学成了。

měi yí gè rén xiǎng yào zhēn zhèng de zhǎng wò　yì mén xué wen　jiù yào wèi
每一个人想要真正地掌握一门学问，就要为

zhī fù chū xīn qín de hàn shuǐ　yì fēn gēng yún　yì fēn shōu huò　ràng wǒ
之付出辛勤的汗水。一分耕耘，一分收获，让我

men xiàn zài jiù kāi shǐ nǔ lì ba
们现在就开始努力吧！

rěn jī shòu rǔ zhì bù yí
忍饥受辱志不移

xiǎn xīng hǎi　guǎng dōng fān yú rén　　　　　nián chū shēng yú ào mén
冼星海，广东番禺人，1905年出生于澳门

yí gè pín kǔ de yú mín jiā tíng　fù qīn zài tā hái méi jiàng shēng shí jiù
一个贫苦的渔民家庭，父亲在他还没降生时就

qù shì le　xiǎn xīng hǎi cóng xiǎo hé mǔ qīn xiāng yī wéi mìng　guò zhe zhāo
去世了。冼星海从小和母亲相依为命，过着朝

bù bǎo xī de kùn kǔ shēng huó
不保夕的困苦生活。

kǔ nàn de shēng huó méi yǒu mǐn miè diào tā duì yīn yuè de rè ài
苦难的生活没有泯灭掉他对音乐的热爱，

tā cóng xiǎo jiù duì yīn yuè chǎn shēng le nóng hòu de xìng qù　bìng biǎo xiàn chū
他从小就对音乐产生了浓厚的兴趣，并表现出

了极高的天赋。他每天勤学苦练拉琴的技艺，从早晨到晚上，到处都留下了他苦练的身影。就这样，他一直念到上海国立音乐学院。

冼星海是个有志气的人，后来，他想继续去法国巴黎学习。到了巴黎，他无依无靠，只得以做苦工来维持生计。有时在餐厅里跑堂，有时在理发店当杂役，由于生活贫困，他常常遭到冷眼与欺凌。

晚上干完零工回去以后，他已累得筋疲力尽，但他还是坚持拉琴，练习谱曲，一天也不休息。每当那动人的音乐声从他租住的那间简陋的小房子里传出来的时候，常常引得路人驻足聆听，人们禁不住赞叹道："实在是太棒了！"

对音乐的挚爱，对祖国的深情，对光明的追求促使冼星海学成后，毅然回国，他深切体会到民族受压迫的苦难，从而走上追求革命的道路，并以音乐发出了解放的呐喊。他积极地投身到了中国的革命事业中去,谱出了无数鼓舞人心的深受人们喜爱的曲子。

人们一直吟唱着诞生在那个抗日烽火年代中的《黄河大合唱》、《我们在太行山上》等作品,并深深缅怀这些高昂旋律的作者——冼星海。这位伟大的音乐家用他辉煌的一生,奏出了激励全民族奋进的高亢之声。

yue du ti shi
阅读提示

生活的贫困、民族的苦难没有泯灭他对音乐的挚爱,反倒激发了他的热情和斗志,冼星海用一生的辛勤奏出了时代的最强音,将永远激励着中华儿女奋勇前进。

毅力

手没有了还有脚

四川省南江县前丰村小学四年级学生成洁，在10岁那年不幸被高压电击伤，截去双臂。看见同学们背着书包高高兴兴地走进学校，成洁远远地站在家门口心里痛苦极了。但是，坚强的女孩没有在痛苦中绝望。她想：我手不行了，但我还有脑，还有脚呢！她开始练习用脚写字，用脚吃饭、用脚扫地……

为了取得好成绩，成洁要付出比同学们多几倍的时间和汗水。夏天蚊虫叮咬，背上瘙痒难忍，每到这个时候，她只能用背脊抵着墙摩擦，久而久之，背上的皮都被擦破了。

由于脚代替了手，即使到了数九寒冬季节，成洁也得赤着脚。为了使脚不生冻疮，她坚持用冷水洗脚。在第一个期末考试中，她拖着虚弱的身体，用一双布满血口的脚夹笔答卷，考试成绩居然名列全班第二名！在县级残运会上，她获得400米跑第一名，跳高第一名。

成洁身残志坚，自立自强，1987年被评选为全国十佳少先队员。

yue du ti shi
阅读提示

别林斯基说："不幸是一所最好的大学。"成洁在不幸中磨炼意志，凭着坚韧的毅力获得一次又一次的成功。让我们顽强地与磨难作斗争吧，胜利终归会属于我们。

毅力

刻苦终成大器

少年时代的华罗庚命运十分艰难，家境贫穷，身缠病魔，学业停顿，又无工作。

到了18岁那年，华罗庚的命运稍稍好转。初中时代的王老师从国外留学归来，在金坛县中学当上了校长。王老师本来就喜欢天资聪颖的华罗庚，见到华罗庚的悲惨处境十分同情，就请他到学校当一名公务员，负责收发信件、报纸，再干一些杂事。华罗庚收到这份邀请信真是喜出望外，虽然是当杂务工，但毕竟有了一份工作，可以养家糊口了。

华罗庚来到这所中学后勤奋肯干，又十分

好学，这些表现深深地感动了校长。不久，校长请他担任补习班的教员。这下校长闯了祸。有人攻击说："只有初中水平的人怎么能和我们平起平坐，"有人则说："没有学历，怎能配当教师。"

正在这个时候，华罗庚又染上了可怕的伤寒症，骨瘦如柴。医生看了则说："病得很重，不要服药了，没有什么希望。"全家沉浸在悲痛之中。

但是，奇迹正发生在他身上。华罗庚从死亡线上挣扎了起来。命是保住了，但他的左腿已变得僵硬强直，他只好拿起手杖，一拐一拐地走路。

为了生活，他又不得不去学校继续干那勤杂活。一天下来，那双腿疼得钻心。但是，他努力克制，在昏暗的灯光下不停地运算，他已把自己的精神寄托在数学王国之中。他坚信，

世上的知识不只有在课堂上得到，只要有决心，自学也能成才。

有一天，他看到一本数学杂志，知道有一个发表数学文章的园地。他撰写了自己的第一篇论文。可是，不久退了回来。退稿的信件上写着："此文算式，外国名家早已释疑，何必劳神。"看到这封字句刻薄的退稿信，华罗庚心中痛苦极了。但是他并没有灰心。他下定决心一往无前，坚持写论文。当然，一篇又一篇投出去，结果是一篇又一篇退了回来。

1930年，上海《科学》杂志终于发表了他的第一篇论文。这篇论文向大名鼎鼎的数学家提出了挑战。

一天，著名的数学家清华大学教授熊庆来在办公室内随手翻翻这本杂志。突然，他的眼光停留在华罗庚写的这篇文章上。看完后，他问别人："你们知道这个华罗庚是哪个大学

的？"周围的人一个也答不出来。

说来也巧，有一个江苏籍的教师突然想起来了："我弟弟有个同学叫华罗庚，他没念过大学，是个初中毕业生，听说在江苏金坛中学当公务员。"

熊庆来教授有点激动了："这青年人真不简单呀！一个公务员，写出那么高水平的论文，应该请他到清华大学来。"于是，他写了一封热情洋溢的邀请信给华罗庚。

华罗庚接到来信，喜出望外。华家也热闹起来。华罗庚久闻熊庆来大名，要是在他身边工作该多好呀！可是，要去北京，得花一大笔路费，钱从哪儿来呢？如今家这么贫苦，怎能去呢？父亲也不相信穷得要命的华家会飞出金凤凰。华罗庚痛苦地给熊庆来回了封信。事后，华罗庚好像是失去了世上最珍贵的东西，闷闷不乐。正当华罗庚苦闷之时，又收到了熊庆来的第二封信。信中熊庆来表示要不辞辛苦，亲自来金坛。这封信打动了华家每一颗心。华罗庚父亲向亲友借了一大笔钱，让华罗庚上北京了。

几天后，清华大学一位教员受熊庆来之托，拿着华罗庚的照片儿来到北京火车站，在旅客中寻找华罗庚。当他找到华罗庚时，不禁大吃一惊，这位年轻人那样土里土气，还是个残疾人，生活的道路肯定是坎坷不平。

1931年，华罗庚终于与熊庆来教授在清华大学见面了。熊庆来教授一下子就喜欢上了华罗庚，请华罗庚在系里当一名助理员。

华罗庚十分珍惜熊教授给予的机会，努力

工作，拼命地学习。他每天要工作和学习18个小时。也许是中学里已养成了自学的良好习惯，到了清华大学，出色的自学才能惊人地表现了出来。他常在熄灯后躺在床上还要闭目静思，将书本内容融会贯通，有时遇上不得其解的地方便翻身下床，在灯下反复思考疑难之处，常常通宵达旦。一本书，有的人要看半个月，华罗庚却只需三个晚上。熊教授十分敬佩华罗庚的苦读精神和敏捷的才思，半年之后便叫华罗庚去听课了。华罗庚这位只有初中学历的青年人，终于与大学的研究生坐在一起听课了。

他利用了一切可利用的时间。这样，他只用了一年半的时间，就读完了大学的全部课程，而解决实际问题的能力，超过了大学毕业生。

华罗庚开始写论文。有一次，他一下子寄出了3篇，想不到全部被采用。有时，大教授

也有解不开的难题，也会去叫华罗庚："华先生，请来一趟，看看这道题怎么解。"

第二年冬季，清华大学的教授们讨论一个从未遇到过的问题，提升一个没有大学文凭的人当大学教师。会议上，人们争论得十分激烈。有人反对，认为堂堂清华大学，作出这种决定，太不成体统。有人认为，如果提升华罗庚当教师，清华大学还有什么声望。也有人赞成，华罗庚虽然没有大学毕业文凭，但他的成就超过了大学生，甚至超过了一些教授。

最后，校长作了结论："清华出了一个华罗庚，是一件好事，我们不应该被资格所限制。"

于是，华罗庚，这个出身穷苦家庭的小学徒，靠自学起家，凭着自己不屈不挠的毅力，加上前辈科学家的关怀，才度过重重难关，终于成才，站在著名高等学府清华大学的讲台上，成为当代著名数学家。

　　这是怎样的一种意志？生活中挫折不断，可却愈挫愈勇，不屈不挠，坚定不移地追求理想，华罗庚终于成功了。海明威说过：没有人能打败你，只有你自己。让我们也成为顽强不屈的人！

救命的树枝

　　有一个人掉到河里去了。水流湍急，他被水冲得流向下游。他拼命地在水里抓，想要抓住什么东西来救自己一命，但是手里抓的除了水，连水草都没有！

　　他心想："这下完了，没救了！"正这样想

着,他马上就没有力气了,停止了挣扎,慢慢地向水下沉去。

忽然,他想起在不远处的河岸边有一棵树,树枝一直伸到河水里面,他可以抱住那棵树……希望又在他心中重新燃起,于是他使出浑身力气挣扎到树那里。可是伸到河里的那一截树枝早已枯死了,他刚拽到树枝,就听到"咔嚓"一声,树枝断了……

就在这时,救援的人及时赶到,将他从河中救了上来。事后他说:"要不是心中想着那

截枯树枝，我根本等不到救援人员！"

还有一个类似的故事。一位独行者在大漠中迷失了方向，他身上只有一个梨。他惊喜地喊道："太好了，我还有一个梨，它能救我的命！"

他把那个梨紧紧地握在手中，继续在大漠里行走。他望着茫茫无际的沙海，很多次对自己说："吃一口吧！"可是转念一想："还是留到最干渴的时候吧！"

于是他顶着炎炎烈日，继续艰难地跋涉。就这样一直坚持了三天，终于走出了大漠。他久久地凝视着手中的那个梨，它早已经干瘪了，可是他还是把它像个宝贝似的攥在手里，就是这一个梨给了他希望和勇气，他才能走出沙漠，挽救自己的生命。死神向来害怕希望，哪怕这希望只是一截枯枝，一个干瘪的梨。

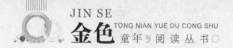

yue du ti shi

rú guǒ rén shēng yóu rú chōng mǎn fēng yǔ de dà hǎi　nà me xī wàng jiù
如果人生犹如充满风雨的大海，那么希望就
shì rén shēng háng chuán de zhǐ lù dēng　xī wàng huì gěi rén dài lái guāng míng hé
是人生航船的指路灯。希望会给人带来光明和
yǒng qì　zhǐ yào xīn zhōng hái yǒu xī wàng　yí qiè kùn nan dōu yǒu bèi kè fú de
勇气。只要心中还有希望，一切困难都有被克服的
kě néng　zhǐ yào xīn zhōng yǒu xī wàng　sǐ shén yě huì wàng ér què bù
可能。只要心中有希望，死神也会望而却步。

毅力

ràng zì jǐ dì yì bǎi líng yí cì zhàn qǐ lái
让自己第一百零一次站起来

nián　zhāng hǎi dí chū shēng zài shān dōng bàn dǎo wén dēng xiàn yí
　　1955 年，张海迪出生在山东半岛文登县一
gè zhī shi fēn zǐ de jiā tíng lǐ　wǔ suì de shí hou zhāng hǎi dí huàn
个知识分子的家庭里。五岁的时候，张海迪患
le bìng　xiōng bù yǐ xià wán quán shī qù le zhī jué　shēng huó bù néng zì
了病，胸部以下完全失去了知觉，生活不能自
lǐ　yī shēng men yí zhì rèn wéi　xiàng zhè zhǒng gāo wèi jié tān bìng rén
理。医生们一致认为，像这种高位截瘫病人，
yì bān hěn nán huó dào chéng nián　zài sǐ shén de wēi xié xià　zhāng hǎi dí
一般很难活到成年。在死神的威胁下，张海迪
yì shí dào zì jǐ de shēng mìng yě xǔ bú huì cháng jiǔ le　tā wèi méi yǒu
意识到自己的生命也许不会长久了，她为没有

更多的时间工作而难过，于是，更加珍惜分分秒秒，用勤奋的学习和工作去延长生命。她把自己比作天上的一颗流星。她在日记中写道："我不能碌碌无为地活着，活着就要学习，就要多为群众做些事情。既然我像一颗流星，我就要把光留给人间，把一切奉献给人民。"

1970年，张海迪随带领知识青年下乡的父母到莘县尚楼大队插队落户。在那里，她看到当地群众缺医少药带来的痛苦，便萌生了学习医术解除群众病痛的念头。她用自己的零用钱买来了医学书籍、体温表、听诊器、人体模型和药物，努力研读《针灸学》、《人体解剖学》、《内科学》、《实用儿科学》等书。为了认清内脏，她把小动物的心肺肝肾切开观察；为了熟悉针灸穴位，她在自己身上画上了红红蓝蓝的点儿，在自己的身上扎针，体会针感。她以顽强的毅力，克服了许许多多的困难，终于掌握了一定的医术，能够治疗一些常见病和多发病。在十几年的时间里，张海迪为群众义务治病达一万多人次。

后来，张海迪随父母迁到县城居住，一度没有工作可做。她就从保尔·柯察金和吴运铎的事迹中寻找力量，从高玉宝写书的经历中得到启示，决定走文学创作的路子，用自己的笔去塑造美好的形象，去启迪人们的心灵。

这以后，张海迪读了许多中外名著，她还写日记、背诗歌、抄录华章警句，还在读书写作之余练素描、学写生、临摹名画、学会了识简谱和五线谱，并能用手风琴、琵琶、吉他等乐器弹奏乐曲。现在她已是山东省文联的专业创作人员，她的作品《轮椅上的梦》一经问世，就在社会上引起了强烈反响。

认准了目标，不管面前横隔着多少艰难险阻，都要跨越过去，到达成功的彼岸，这便是

zhāng hǎi dí de rén shēng xìn niàn
张海迪的人生信念。

yǒu yí cì　yí wèi lǎo tóng zhì ná lái yì píng jìn kǒu yào　qǐng
有一次，一位老同志拿来一瓶进口药，请

tā bāng zhù fān yì wén zì shuō míng　kě zhāng hǎi dí bù dǒng yīng wén　kàn
她帮助翻译文字说明，可张海迪不懂英文，看

zhe zhè wèi tóng zhì shī wàng de zǒu le　tā de xīn li hěn bù ān　cóng
着这位同志失望地走了，她的心里很不安。从

cǐ　tā biàn jué xīn xué hǎo yīng yǔ　zhǎng wò gèng duō de zhī shi　nà
此，她便决心学好英语，掌握更多的知识。那

yǐ hòu de hěn duō shí hou　tā de qiángshang zhuōshang dēng zhàoshang jìng
以后的很多时候，她的墙上、桌上、灯罩上、镜

zi shang nǎi zhì shǒushang　gē bo shang dōu xiě mǎn le yīng yǔ dān cí　tā
子上乃至手上、胳膊上都写满了英语单词，她

hái gěi zì jǐ xià le měi tiān wǎnshàng bú jì zhù　gè dān cí jiù bú
还给自己下了每天晚上不记住10个单词就不

shuì jiào de guī dìng　jiā li lái le kè rén　zhǐ yào huì diǎn yīng yǔ
睡觉的规定。家里来了客人，只要会点英语

de　dōu chéng le tā de lǎo shī　jīng guò qī bā gè nián tóu de nǔ
的，都成了她的老师。经过七八个年头的努

力，她不仅能够阅读英文版的报刊和文学作品，还翻译了英国长篇小说《海边诊所》。当她把这部译稿交给某出版社的总编时，这位年过半百的老同志感动得流下了热泪，并认真地为该书写了序言：《路，在一个瘫痪姑娘的脚下延伸》。

每个人在生活中都会面对各种各样的困难和挫折，我们应该像张海迪那样："即使跌倒一百次，也要一百零一次地站起来。"

阅读提示 yue du ti shi

即使跌倒一百次，也要一百零一次地站起来！这才是真正的强者。只有这样，你才有资格享受人生的成功。

毅力

一壶救命沙

一支探险队在茫茫的沙漠里迷失了方向。食物不多了，口干舌燥的队员们已经没有了水。

水是队员们穿越沙漠的信心和源泉，甚至是苦苦搜寻的求生的目标。

这时候，探险队的队长竟然从腰间拿出一只水壶。他对大家说："我们还有一壶水，但一定要等到最后一刻再喝！"

队员们一下子振奋了：他们还有一壶水！他们还有希望！看着沉沉的水壶，每个队员心中都有了一种对生命的渴望。

天气太炎热了，行走在炎炎沙漠里的队员

中有人支撑不住昏了过去。"队长，给他喝一口水吧。"一个队员乞求道。"不行，这水要等到最艰难的时候才能喝，他只是意志不坚定才昏过去的。大家像他一样就都会死掉！我们还可以坚持。"队长生气地说。

有一天，大家发现队长已经死去，那只水壶孤零零地放在那儿，下面压着一张纸：我不行了，你们带上这壶水走吧，要记住在走出沙漠之前，谁也不能喝这壶水，你们的体力都比我好，还能再坚持。

队长为了大家的生存，竟然自己渴死了，把仅有的一壶水留了下来！每个人都抑制着内心巨大的悲痛出发了，那只沉甸甸的水壶在每个队员手里依次传递着，谁也舍不得打开喝一口。

终于，探险队员们发现了河流！他们在相拥着为能够活下来喜极而泣的时候，突然想到

le　duì zhǎng liú xià de　nà hú shuǐ
了队长留下的那壶水。

dǎ kāi hú gài　màn màn liú chū de què shì yì hú shā zi
打开壶盖，慢慢流出的却是一壶沙子。

yue du ti shi
阅读提示

zài nì jìng zhōng　shèn zhì shì jué jìng zhōng　shī qù le yì zhì jiù děng
在逆境中，甚至是绝境中，失去了意志就等

yú shī qù le yí qiè jī huì　yǒu shí hou　yí gè rén de shēng mìng jiù zhǎng
于失去了一切机会。有时候，一个人的生命就掌

wò zài zì jǐ de yì zhì zhī zhōng
握在自己的意志之中。

毅力

kè kǔ zì xué de kūn chóng dà shī
刻苦自学的昆虫大师

nián　yuè　rì　fǎ bù ěr chū shēng zài fǎ guó nán bù
1823 年 12 月 20 日，法布尔出生在法国南部

shān qū yí gè xiǎo cūn zhuāng　fǎ bù ěr jiàn jiàn zhǎng dà hòu duì dà zì
山区一个小村庄。法布尔渐渐长大后对大自

rán de yí qiè chǎn shēng le nóng hòu de xìng qù　duì gè zhǒng dòng wù tè bié
然的一切产生了浓厚的兴趣，对各种动物特别

yǒu hào qí xīn　měi dào xià tiān yè mù jiàng lín hòu　cūn wài bù shí chuán
有好奇心。每到夏天夜幕降临后，村外不时传

lái zhèn zhèn de jī jī shēng　fǎ bù ěr xiǎng nòng gè jiū jìng　dào dǐ shì
来阵阵的唧唧声，法布尔想弄个究竟，到底是

什么发出的声响？可是祖母告诉他，天黑以后，丛林中的狼就要出来觅食，狼最爱吃的是小孩。然而，法布尔还是抵挡不住这阵阵叫声的诱惑，他鼓足勇气，朝那叫声寻去。一次、两次、三次，几个晚上都一无所获。因为只要稍微有一点响声，那神秘的唧唧声便突然停息。法布尔并不善罢甘休，决心搞个水落石出。一天夜里，法布尔又去找了。他轻手轻脚地向唧唧声靠近，声音又突然停了，他一声不响地蹲在那里等。过一会儿，唧唧声又响了。这次，他看清了，并亲手提到了这只善歌的机灵小家伙——一只全身嫩绿、触角细长、能蹦善跳的纺织娘。

法布尔7岁那年，父亲把他送进村里的小学读书。学校的全部校舍只有一间茅草屋，这间屋既是教室，又是教师的卧室、厨房和饭厅，甚至还养着鸡。学校只有一位教师，他既是教

师，又是校长、
工友，还是村里
的理发师和教堂
的打钟人，甚至
还要负责耕作外
出经商的有钱人

家的田地。由于这位教师"职务"繁多，所以他
给学生上课时间有限。法布尔在这样的学校
里读书，感到十分乏味。他反复看着课本封面
上印着的那只红脚细嘴的鸽子，还把它翅膀上
的羽毛数了又数，并异想天开地想着，这只鸽
子总有一天会飞出去玩耍的。

　　时间一天天在流逝，法布尔的学习收获却
微乎其微。每星期六要背一遍的乘法表，他还
能勉强通过。但课本上的字母，他却老是辨不
清，父母为此感到十分担忧。一天，父亲赶集
时，在集市上看到一张动物挂图，觉得对孩子

认字也许有所帮助。便把它买了回来。在这张挂图上面，画着26只动物，每只动物的下面标着它的名称，左上角还写上这一动物名称的第一个字母。挂图的右下方还用这些字母依次排列成一个字母表。法布尔对这张图十分喜欢，便把它端端正正地挂在家里最显眼的地方，每天睁大眼睛津津乐道地看着，还不时用手轻轻地抚摸着，并轻声朗读出它们的名称和第一个字母。没想到不到3天工夫，法布尔不仅认识了挂图上的26只动物，而且连它们的名称和名称的第一个字母也都能熟练地读出来。一星期后，课本上难以读懂的字也都全部会了。为了鼓励法布尔的进步，老师奖给他一本拉封丹写的寓言集。他翻开一看，书上印的动物，都是他所熟悉的：狼、狐狸、猫、乌鸦和其他禽兽、小虫。这本书令法布尔爱不释手，激发了他的学习兴趣和对动物以及昆虫的热爱。

而正是对动物的迷恋，渐渐地把年轻的法布尔引进了科学殿堂的门槛儿。

由于家庭的贫困，法布尔15岁便开始独立生活，当过小贩和铁路工人。1842年，19岁的法布尔考取了阿维尼翁的一所师范学校，毕业后成为一名老师。

一次，法布尔读到一篇关于黄蜂习性的文章，从而促使他对这些蜂和其他寄生蜂以及许多昆虫类群进行详细观察，后又以清晰、简洁的笔法，描述了遗传本质作为昆虫的行为模式的重要性。24岁那年，他从茜草中提取出一种性能很好的染料——茜素。

由于法布尔的勤奋和刻苦，1854年，法布尔31岁那年，他在巴黎取得了博士学位，并被聘请当了一名教授。

法布尔没有接受过正规、系统的学校教育，他的学问和知识都是靠刻苦自学取得的。

当谈到他的自学经验时，他说："学习这件事不在于有没有人教你，最重要的是你自己有没有觉悟。"

法布尔知识渊博，数学、物理、化学样样在行。他还擅长写作，曾为少年儿童写过许多生动活泼的科普读物。

1879年，法布尔在塞里南定居下来，潜心科学研究和著作。他在那里花钱买了一片贫瘠的荒地，栽花种草，建起了一个户外生物实验室。从此，他便在这里勤劳耕耘和工作，同大自然中各种各样的昆虫打了一辈子交道。

法布尔观察昆虫的活动非常仔细，有时蹲在田头，一看就是几个小时。当地人们都当他是"怪人"。有一次，法布尔半夜提着一盏灯笼，蹲在田野里观看蜈蚣怎样产卵。看呀，看呀，他忽然觉得周围渐渐亮起来，抬头一看，才知道天已经亮了。正是由于对昆虫的仔细观察，法布尔揭开了昆虫世界的许多奥秘，还纠正了过去人们对某些昆虫的不正确看法。例如，法国作家拉·封丹写过一首寓言诗，诗是这样写的：

蝉儿唱，唱一夏，寒风起，衣食急。没苍蝇，没小虫，点心吹，辘辘饥。向蚂蚁，求借粮，有收益，本息偿。借粮食，蚁不干，"骄阳下，你干啥？""我唱歌！哎哟哟！"现在跳，跳舞蹈，直跳到，肚儿饱。

拉·封丹写这首诗的用意是想以此教育孩子们从小要热爱劳动，不然长大以后将无法独立生活。然而，在这首寓言诗里，法布尔发觉作家把许多事实都搞错了，例如，蝉儿从来就不吃苍蝇、虫子或粮食。蝉儿只会喝，根本就不"吃"；蝉儿也活不到冬天，每年秋色艳丽，天气尚暖时就死去了。法布尔家对面有两棵梧桐树，他整天仍要在树下观察，终于搞清楚了蝉儿的全部秘密。所以昆虫学家对昆虫的观察和描述就要细致、严密得多。

法布尔曾花了25年时间研究一种蓝黑色的甲虫——地胆，花30年研究隧蜂，又用了40年时间研究蟑螂。

法布尔一生曾发表过五十余篇学术论著，写过二百多篇有趣的昆虫故事，花了毕生精力写出了10卷的巨著《昆虫记》，最后一卷是在他87岁高龄时出版的。1915年10月10日，这位富有献身精神的科学家离开了人世，终年92岁。

yue du ti shi
阅读提示

永葆热情，坚持不懈，法布尔用一生研究着他所钟爱的昆虫，收获了累累硕果。如此执著的科学精神永远是我们学习的榜样。

毅力

被锤开的大石
bèi chuí kāi de dà shí

山上有一个采石场，一个石工正抡起大锤
用力地击向一块大石。一个放羊的小孩在一
边看着。这块大石似乎无比坚硬，石工已经锤
击了一百多下，可它还是纹丝不动。

石工停下喘了口气，继续一锤一锤地击打
着石头，又接连锤了一百多下，石头还是老样
子。石工头上就像被雨淋过似的，身上的衬衣
已经被汗水湿透了。他脱下衣服并扔在一边。
太阳火辣辣地照射着大地，石工再次扬起大
锤。哗啦一声，石头终于在石工有力的一锤下
一分为二。放羊的小孩在一旁笑了。他告诉

shí gōng yí gòng yòng le　　　chuí cái chuí kāi zhè
石工一共用了561锤才锤开这

kuài dà shí　tā zài yì páng yì chuí yì chuí de
块大石，他在一旁一锤一锤地

shǔ zhe
数着。

nǐ chuí le nà me duō
"你锤了那么多

xià　zěn me zhī dào zhè kuài shí
下，怎么知道这块石

tou néng bèi chuí kāi ne　　xiǎo
头能被锤开呢？"小

hái yòu wèn shí gōng
孩又问石工。

shí gōng gào su xiǎo hái
石工告诉小孩：

méi yǒu chuí bù kāi de shí tou　　zhǐ yào nǐ jiān chí bú xiè de chuí xià
"没有锤不开的石头，只要你坚持不懈地锤下

qù　wǒ měi yì chuí xià qù　　shí tou de nèi bù dōu yào shòu dào sǔn
去。我每一锤下去，石头的内部都要受到损

shāng　zhǐ bú guò kàn bú dào ér yǐ
伤，只不过看不到而已。"

yue du ti shi
阅读提示

wǒ men rén shēng de dào lù shang　　yě huì yǒu hěn duō zhè yàng lán lù de
我们人生的道路上，也会有很多这样拦路的

dà shí　wǒ men yào jiān dìng zì jǐ de jué xīn hé xìn niàn　　chí xù bú duàn
大石。我们要坚定自己的决心和信念，持续不断

de nǔ lì　jiù suàn shì zài dà de shí tou yě huì zài wǒ men fèn lì pīn bó
地努力。就算是再大的石头也会在我们奋力拼搏

xià bèi jī suì
下被击碎。

毅力

孜孜以求的达尔文

英国著名的生物学家达尔文出生在一个医学世家。他父亲曾打算送他去学医，以继承家业。然而，少年时代的达尔文却酷爱着大自然，尤其喜欢打猎、采集动植物和矿物的标本。

他把大自然当作课堂，常常到田野中去观察蝴蝶、蜜蜂、蚂蚁等昆虫的生活情况。他发现这些形形色色的昆虫，在形态、生活习性等方面都各不相同。这是为什么呢？为了揭开这个谜底，达尔文付出了大量的心血。

在达尔文22岁时，他离开了温暖、舒适的家，以自然科学家的身份，登上了"贝格尔"号

船，开始了他的环球考察。在船上，达尔文住的舱位不到两平方米，白天只能在一个桌角上写字，晚上挂起吊床睡觉。

他随着"贝格尔"号航行，每到一处，都独自登高山、涉溪水、入丛林、过草原，对大自然的奇花异草、珍禽异兽等等进行了大量的搜集，他把这些搜集到的标本进行整理后，分批寄回了国。

达尔文在外整整漂泊了五年。为揭开生物进化之谜，回国后达尔文专门从事研究工作。他每天的生活、工作安排得像时钟一样准确、有规律。直到他逝世的前两天，他还在孜孜不倦地工作着。

通过观察研究，达尔文最终创立了生物进化论。他的进化论被恩格斯列为19世纪三大发现之一。并且，他还完成了他划时代的科学巨著——《物种起源》，为人类科学事业的发展开辟了新的广阔前景。

dá ěr wén wèi kē xué fèn dòu le zhōng shēng　rèn hé bú lì de huán jìng
达尔文为科学奋斗了终生，任何不利的环境
dōu wú fǎ zǔ zhǐ tā duì kē xué de rè ài　　tā de zhè zhǒng zī zī bú juàn
都无法阻止他对科学的热爱。他的这种孜孜不倦
de jīng shén hé yì lì　　yǒng yuǎn dōu zhí dé wǒ men xué xí
的精神和毅力，永远都值得我们学习。

毅力

yí dìng néng fēi qǐ lái
一定能飞起来

yì bǎi duō nián qián　yí wèi qióng kǔ de mù yáng rén dài zhe liǎng gè
一百多年前，一位穷苦的牧羊人带着两个
yòu xiǎo de ér zi yǐ tì bié rén fàng yáng wéi shēng
幼小的儿子以替别人放羊为生。

yǒu yì tiān　tā men gǎn zhe yáng lái dào yí gè shān pō shang　yì
有一天，他们赶着羊来到一个山坡上，一
qún dà yàn míng jiào zhe cóng tā men tóu dǐng fēi guò　bìng hěn kuài xiāo shī zài
群大雁鸣叫着从他们头顶飞过，并很快消失在
yuǎn fāng　mù yáng rén de xiǎo ér zi wèn fù qīn　　dà yàn yào wǎng nǎ
远方。牧羊人的小儿子问父亲："大雁要往哪
lǐ fēi
里飞？"

mù yáng rén shuō　tā men yào qù yí gè wēn nuǎn de dì fang　zài
牧羊人说："它们要去一个温暖的地方，在

nà lǐ ān jiā dù guò hán lěng de dōng tiān
那里安家，度过寒冷的冬天。”

dà ér zi zhǎ zhe yǎn jing xiàn mù de shuō yào shì wǒ yě néng
大儿子眨着眼睛羡慕地说：“要是我也能
xiàng dà yàn nà yàng fēi qǐ lái jiù hǎo le
像大雁那样飞起来就好了。”

xiǎo ér zi yě shuō yào shì néng zuò yì zhī huì fēi de dà yàn
小儿子也说：“要是能做一只会飞的大雁
gāi duō hǎo a
该多好啊！”

mù yáng rén chén mò le yí
牧羊人沉默了一
huì er rán hòu duì liǎng gè ér zi shuō
会儿，然后对两个儿子说：
zhǐ yào nǐ men xiǎng nǐ men yě néng
“只要你们想，你们也能
fēi qǐ lái
飞起来。”

liǎng gè ér zi shì le shì
两个儿子试了试，
dōu méi néng fēi qǐ lái tā men yòng huái yí
都没能飞起来，他们用怀疑
de yǎn shén kàn zhe fù qīn mù yáng rén shuō
的眼神看着父亲，牧羊人说：
ràng wǒ fēi gěi nǐ men kàn yú shì tā zhāng kāi shuāng bì dàn yě méi
“让我飞给你们看。”于是他张开双臂，但也没
néng fēi qǐ lái
能飞起来。

kě shì mù yáng rén kěn dìng de shuō wǒ yīn wèi nián jì dà le
可是，牧羊人肯定地说：“我因为年纪大了
cái fēi bù qǐ lái nǐ men hái xiǎo zhǐ yào bú duàn nǔ lì jiāng lái jiù
才飞不起来，你们还小，只要不断努力，将来就
yí dìng néng fēi qǐ lái fēi dào xiǎng qù de dì fāng
一定能飞起来，飞到想去的地方。”

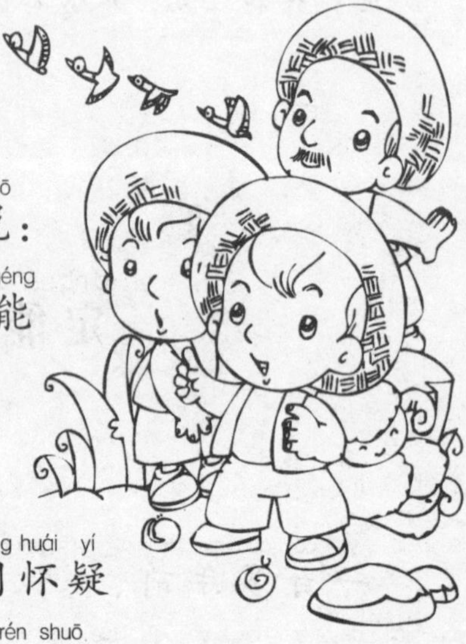

两个儿子牢牢地记住了父亲的话，并一直努力着，等到他们长大——哥哥36岁，弟弟32岁时——他们果然飞起来了，因为他们发明了飞机。这两个人就是美国的莱特兄弟。

在生活中，失败常常不是因为我们不具备足够的实力，而是缺乏应有的信念。信念是一支火把，它能最大限度地燃烧一个人的潜能，指引他飞向梦想的天空。

贝尔——扫厕所出身的CEO

贝尔的家在悉尼东部，离他家不远就是一家麦当劳店，他上学放学都要经过那里。贝尔的家境不太富裕，许多同学都有钱买文具和日用品，他却不能。1976年，15岁的贝尔无奈之中走进了这家麦当劳店。作为学生，他从没想过在那里发展，只想打工挣点零用钱，他被录用了，工作是打扫厕所。虽说扫厕所的活儿又脏又累，贝尔却干得踏踏实实。他常常是扫完厕所，接着就擦地板，然后又去帮着翻翻烘烤中的汉堡包，一件一件地细心学，认真做。这一切都被这家麦当劳的老板彼得里奇看在眼里。没多久，里奇就说服贝尔签署了员工培训协议，把贝尔引向正规职业培训的道路。

经过几年锻炼，贝尔全面掌握了麦当劳的生产、服务、管理等一系列工作。19岁那年，贝尔被提升为澳大利亚最年轻的麦当劳店面经理；27岁成为麦当劳澳大利亚公司副总裁；29岁成为麦当劳澳大利亚公司董事会成员，并先后担任亚太、中东和亚洲地区总裁，欧洲地区

zǒng cái jí mài dāng láo zhī jiā gē zǒng bù fù zé rén
总裁及麦当劳芝加哥总部负责人。

bèi ěr zǒng cái shuō tā wàng bu liǎo dāng nián sǎo cè suǒ de qíng jǐng
贝尔总裁说他忘不了当年扫厕所的情景。

yue du ti shi
阅读提示

wú lùn zuò shén me dōu xiàng bèi ěr zhè yàng tā tā shí shí de gàn ba
无论做什么都像贝尔这样踏踏实实地干吧，
zhǐ yào rèn zhǔn mù biāo bù qīng yì tuì suō xiāng xìn nǐ yí dìng néng zhuā zhù
只要认准目标，不轻易退缩，相信你一定能抓住
chénggōng de qì jī
成功的契机。

毅力

fā míng dà wáng
发明大王

ài dí shēng cóng xiǎo jiù shì yí gè qiú zhī yù hěn qiáng de hái zi
爱迪生从小就是一个求知欲很强的孩子，
shén me shì dōu xǐ huan páo gēn wèn dǐ shàng xué yǐ hòu lǎo shī jiāo
什么事都喜欢刨根问底。上学以后，老师教
de shù xué tí tā fǎn wèn lǎo shī zhè shì wèi shén me shàng
2+2=4的数学题，他反问老师这是为什么。上
yīng yǔ kè shí tā huì tū rán xiàng lǎo shī fā wèn xīng xing wèi shén me
英语课时，他会突然向老师发问："星星为什么
bú huì cóng tiān shang diào xià lái nòng de lǎo shī bù zhī dào zěn me huí
不会从天上掉下来？"弄得老师不知道怎么回

答才好。老师说他扰乱了学校秩序，校长骂他是愚蠢糊涂的低能儿，勒令他退学。爱迪生一生的全部学历——三个月的学校生活就这样结束了。

爱迪生的母亲决心亲自教育自己的儿子，做他的家庭教师。从此，她给爱迪生讲罗马帝国的兴亡，讲英国发展史，讲文学、物理学和化学，培养他爱学习、爱科学的习惯。爱迪生的求知欲在母亲的耐心教育下被进一步激发起来，他对身边的一切都那么感兴趣。为了证实船为什么能在水面上浮，他纵身跳进水中，险些淹死。看到母鸡孵出了小鸡，他也学着母鸡的样子趴在鸡蛋上……在母亲的精心教育下，爱迪生在不知不觉中成长。10岁时，他就能阅读《美国史》《大英百科全书》和牛顿、法拉第的著作，令人刮目相看。

穷困的家庭生活，迫使爱迪生12岁就离家当了报童，在火车上卖报纸。然而，他对科学实验的兴趣却一点没减。他把行李车厢的吸烟室当做实验室，抽空就在那里做实验。有一次，他不小心，使"实验室"着火了。火虽被扑灭了，但爱迪生的耳朵却被暴怒的列车长打聋了。这一年，他才15岁。

尽管在科学实验的道路上爱迪生遇到了许多磨难：挨过打，工作被解雇，在实验中毁掉了新衣服，甚至差点弄瞎了眼睛，然而他毫不动摇，在科学探索的道路上继续艰难开拓。

1869年初，爱迪生来到了纽约。一到纽约，他就为劳斯金融报告公司解决了一道难题，公司经理很器重他，任命他为总技师长。不久，爱迪生和同事包普创立了"包普·爱迪生合股公司"，研究出了新型的文字电报和能迅速印刷黄金行情的报价机，获得4万美元的专利。他用这笔钱作基金，创建了发明研究的工厂，正式走上了发明之路。这一年他才23岁。

当时，有一种贝尔电话，声音极小，使用极其不便。爱迪生经过多次实验，终于创造出炭极式发射器、炭阻送话器和新型受话器，使贝尔电话的声音清晰度成倍地提高，即使长途通话也能听得一清二楚。

有人说，发明家也是幻想家。的确是这样。爱迪生常想，能不能使夜晚也像白天一样明亮呢？当时，一般人家晚上都点油灯或瓦斯灯，好一点的使用在两根炭棒上通电的弧光灯，转眼也就燃尽了。爱迪生考虑用电来照明，他首先发明了"抽出空气的灯泡"，然后寻找能在灯泡里发光而不易燃尽的灯丝。为此，他先后选用了六千多种不同材料进行实验，历时十余年。在实验过程中，他首先想到用白金作灯丝，可过于昂贵了；经过反复实验，最后他采用了钨丝制成的灯丝，一点就是900个小时。他终于成功了。很快，纽约以至美国和全世界，都点起了爱迪生发明的电灯。后来，爱迪生在电影技术、矿业、建筑、化工等方面也有不少著名的发明。据统计，他一生的发明约有两千余种。

1931年10月15日，爱迪生逝世了，终年84岁。在举行葬礼的晚上，美国全国停电1分钟。伴随着片刻黑暗的结束，爱迪生这位发明大王，在亿万大众的心中放射出更加夺目的永恒的光彩。

爱迪生的人生充满了坎坷，在科学探索的道路上更是挫折不断，可他从没有放弃对科学的追求。只要不放弃，成功就会有希望。

毅力

顽强的诺贝尔

1864年9月3日这天，寂静的斯德哥尔摩市郊，突然爆发出一声震耳欲聋的巨响，滚滚的浓烟霎时冲上天空，一股股火焰直往上蹿。仅仅几分钟时间，一场惨祸发生了。当惊恐的人们赶到现场时，只见原来屹立在这里的一座工厂只剩下残垣断壁。火场旁边，站着一位30多岁的年轻人，突如其来的惨祸和过分的刺激,已使他面无人色,浑身不住地颤抖着……

这个大难不死的青年,就是后来闻名于世的弗莱德·诺贝尔。诺贝尔眼睁睁地看着自己创建的硝化甘油炸药实验工厂化为了灰烬。人们从瓦砾中找出了五具尸体,四人是他的亲密助手,而另一个是他在大学读书的弟弟。五具烧得焦烂的尸体,令人惨不忍睹。诺贝尔的母亲得知小儿子惨死的噩耗,悲痛欲绝。年迈的父亲因大受刺激而引起脑溢血,从此半身瘫痪。然而,诺贝尔在失败面前却没有动摇和退却,仍充满一直向前的决心。

事情发生后,警察局立即封锁了爆炸现场,并严禁诺贝尔重建自己的工厂。人们像躲避瘟神一样地避开他,再也没有人愿意出租土地让他进行如此危险的实验。但是,困境并没有使诺贝尔退缩,几天以后,人们发现在远离市区的马拉仑湖上,出现了一只巨大的平底驳船，驳船上装满了各种设备，一个年轻人正全神贯注地进行实验。毋庸置疑，他就是在爆炸中死里逃生、被当地居民赶走了的诺贝尔！

无畏的勇气往往令死神也望而却步。在令人心惊胆战的实验里，诺贝尔依然坚持他的行动，他从没有放弃过自己的梦想与决心。

功夫不负有心人，他终于发明了雷管。雷管的发明是爆炸学上的一项重大突破，随着当时许多欧洲国家工业化进程的加快，开矿山、修铁路、凿隧道、挖运河等都需要炸药。于是，

人们又开始亲近诺贝尔了。他把实验室从船上搬迁到斯德哥尔摩附近的温尔维特,正式建立了第一座硝化甘油工厂。接着,他又在德国的汉堡等地建立了炸药公司。一时间,诺贝尔的炸药成了抢手货,诺贝尔的财富与日俱增。

然而,初试成功的诺贝尔,好像总是与灾难相伴。不幸的消息接连不断地传来,在旧金山,运载炸药的火车因震荡发生爆炸,火车被炸得七零八落;德国一家著名工厂因搬运硝化甘油时发生碰撞而爆炸,整个工厂和附近的民房变成了一片废墟;在巴拿马,一艘满载着硝化甘油的轮船,在大西洋的航行途中,因颠簸引起爆炸,整个轮船葬身大海……

一连串骇人听闻的消息,再次使人们对诺贝尔望而生畏,甚至把他当成瘟神和灾星。随着消息的广泛传播,他被全世界的人所诅咒。

诺贝尔又一次被人们抛弃了,不,应该说

是全世界的人都把自己应该承担的那份灾难给了诺贝尔一个人。面对接踵而至的灾难和困境，诺贝尔没有一蹶不振，他身上所具有的毅力和恒心，使他对已选定的目标义无反顾，永不退缩。在奋斗的路上，他已经习惯了与死神朝夕相伴。

大无畏的勇气和矢志不渝的决心最终激发了他心中的潜能，他最终征服了炸药，吓退了死神。诺贝尔赢得了巨大的成功，他一生共获专利发明权355项。他用自己的巨额财富创立了诺贝尔奖，被国际学术界视为一种崇高的荣誉。

阅读提示
yue du ti shi

一个人做事成功与否，一个十分关键的要素是看他是否具有坚韧的意志。顽强的意志是人的一种美德，也是成功的必不可少的要素。

毅力

从洗厕所到邮政大臣
cóng xǐ cè suǒ dào yóu zhèng dà chén

日本一直传颂着一则动人的故事：多年以前，一个妙龄少女来到东京帝国酒店当服务生。这是她的第一份工作，她将从这里迈出人生的第一步。为此她暗下决心：一定要好好儿干，干出成绩来！可她万万没有想到，上司安排她这个漂亮姑娘去洗厕所！对于洗厕所这样的工作，除非万不得已，一般人都不会主动承受，更何况一个一个细皮嫩肉、喜爱洁净的少女呢？她能干得了吗？

一开始，她虽然不停地暗下决心，鼓足勇气去尝试，去适应，但是，真正用自己白皙的小手拿着抹布伸进马桶里时，视觉和嗅觉上的反应还是侵袭而来，让她感到恶心，胃里立即翻江倒海，想呕吐又吐不出来，实在太难受了！

而老板对工作质量的要求是：必须把马桶抹洗得光洁如新！

她为此而痛苦，陷入了困惑与苦恼之中。她也想过退却，想过辞职另谋职业，但是她又不忍心自己的第一份工作就以失败告终。就在这时，一位令她感动的同一单位的前辈出现在她面前，帮她摆脱了苦恼和困惑。他并没有对她反复说教，而是亲自全身心地投入到工作中，为她树立工作的榜样。首先，他非常愉快地帮她进行工作示范，一遍遍地抹洗着马桶，直到抹得光洁如新。然后非常得意地去欣赏自己的工作成果。接下来，他从马桶里盛了一杯水，一饮而尽喝了下去，竟然毫不勉强。

这让她非常感动。她开始振奋精神，全心

全意地投入到洗厕所的工作中。她的工作从来没有老板在身边监督，但她始终以前辈做榜样，使工作质量达到前辈所做的水平。当然，她也多次喝下自己清洗过的马桶的水，既是检验自己的工作质量，也是检验自己的自信心。

几十年的光阴很快就过去了，后来她成为日本政府内阁的主要官员——邮政大臣，她的名字叫野田圣子。

阅读提示

从洗厕所到邮政大臣，野田圣子成功的秘诀是什么？自信和毅力。是的，只要我们够自信，够坚持，就一定能获得胜利的微笑，看到光明的曙光。

毅力

钢铁究竟是怎样炼成的

《钢铁是怎样炼成的》是苏联作家奥斯特洛夫斯基用自己的鲜血、汗水和生命写出来的一本书。这本书里的英雄——保尔·柯察金，原型就是他自己。

奥斯特洛夫斯基14岁就参加了红军。在一次激烈的战斗中，他受了重伤，刚满16岁就退了役。伤愈后不久，他参加了青年突击队，负责抢修铁路。

当时粮食供应严重不足，大家常常吃不饱饭，生活十分艰苦。铁路快要修好的时候，奥斯特洛夫斯基得了严重的风湿病，脚关节肿

胀，身体只能勉强支撑站直，可是他每天仍旧
最早起床，和大家一起上班，直到染上伤寒，
才被迫离开工地。

病还没有养好，奥斯特洛
夫斯基就又到冰冷的河水
里去捞国家的木材，结果木
材被捞上来了，他的
病情却加剧了。他的
两腿再也站不起来
了，脊椎、关节、手臂
等处时常剧烈疼痛。更可怕的是，他的两只眼
睛也逐渐看不见东西了。

奥斯特洛夫斯基才18岁呀，可是他已经领
到了残疾证书。生活对他的打击太大了！他
反复地追问自己："我怎么办啊？怎么办啊？"

精神上和肉体上的双重痛苦整天折磨着
他，奥斯特洛夫斯基面临着人生最大的挑战。

他痛苦彷徨，差一点掉入绝望和愤怒的深渊。

但是他挺过来了！他常常紧握着拳头，紧咬牙关，命令自己：

"我的人生道路才刚刚开始，我要坚强！

"把念头转到严肃的问题上去！不准去理睬肉体上的痛苦。

"对病痛的屈服，意志的消沉，是一种可耻的懦弱！全无大丈夫气概！"

在病床上，他开始阅读大量的书籍，还参加函授大学学习。有一天，他忽然想到自己可以干一件事情，那就是写作。

他想："我的脑子还是百分之一百健全的。我要为自己描绘一条出路——写作小说，把青年们怎样在战斗中锻炼成长的过程都写出来。

"我要证明生命本身是有价值的！要用行动来充实生命！

"我要取得进入生活的入场券！"

毅力故事
YI LI GU SHI

1930年10月，奥斯特洛夫斯基开始创作小说《钢铁是怎样炼成的》。这是一段艰难的日子。清晨，妻子上班前为他准备好一天所需的纸、笔等物品，好让他安静地写作。夜里，家家灯火熄灭，他仍在工作。这时他写字已十分困难，手臂只有到肘关节这一段能够活动。手臂一动，关节就一阵剧痛。有时他为了熬住疼痛就用嘴巴咬住铅笔，好几次把铅笔都咬断了，把嘴唇都咬出了血。后来，有个热情的青年利用业余时间主动来帮他做记录，由他口述，进行写作。

1934年，长篇小说《钢铁是怎样炼成的》上、下卷终于出版了，后来还被译成多种文字，在世界各地广为流传。青年们争相购阅这本书，高声背诵书中的名言：

"人最宝贵的东西是生命，生命属于我们只有一次。一个人的生命是应当这样度过的：

dāng tā huí shǒu wǎng shì de shí hou　　　tā bù yīn xū dù nián huá ér huǐ
当他回首往事的时候，他不因虚度年华而悔

hèn　　yě bù yīn lù lù yuán wèi ér xiū chǐ
恨，也不因碌碌元为而羞耻……"

ào sī tè luò fū sī jī　　　yí gè zhēnzhèng de shēng huó qiáng zhě
奥斯特洛夫斯基，一个真正的生活强者。

tā bù yīn xū dù nián huá ér huǐ hèn　　　yě bù yīn lù lù wú wèi xiū
他不因虚度年华而悔恨，也不因碌碌无为羞

chǐ　　ào sī tè luò fū sī jī yòng zì jǐ de rén shēnggào sù wǒ men yào xué
耻，奥斯特洛夫斯基用自己的人生告诉我们要学

huì zuò shēng huó de qiáng zhě　　yào xué huì yǐ wánqiáng de yì lì dǐ dá chéng
会做生活的强者，要学会以顽强的毅力抵达成

gōng de bǐ àn
功的彼岸。

毅力

bú miè de xìn niàn zhī huǒ
不灭的信念之火

yí gè míng jiào fēi ěr dé de měi guó shí yè jiā céng yǒu yí gè
一个名叫菲尔德的美国实业家曾有一个

zhí zhuó de xìn niàn　　　pū shè yì tiáo héng yuè dà xī yáng lián jiē ōu
执著的信念——铺设一条横越大西洋，联接欧

měi liǎng zhōu de hǎi dǐ diàn lǎn　　　ér gǎi biàn le shì jiè lì shǐ de
美两洲的海底电缆——而改变了世界历史的

进程。1837年人类发明了电报，十几年后有人提出一项跨越大西洋的电缆计划。绝大多数人都认为这项计划纯属天方夜谭，可望而不可及。只有年轻的菲尔德对此计划充满着强烈的信念——他坚信这绝不是梦想！为此他把自己的全部精力和所有财产都贡献了出来，他在那几年里横渡大西洋，往返于两大洲之间达三十一次。经过两次失败，1858年7月28日，海底电缆发报成功。次日，欧美两洲沉浸在一片狂欢之中。

但就在此时，不幸的事情发生了。电缆虽然接通，电传讯号不久却又归于沉寂。于是群情由狂欢而转为对菲尔德的愤怒责难。

菲尔德沉寂了六年，1865年，不屈不挠的他又重新继续这项事业，并于1866年取得了最后的胜利。

yue du ti shi
阅读提示

> 一个人能否取得成功，取决于他具有什么样
> 的信念。坚信你的理想，执著地追求，用自己的
> 行动去证明你的理想不是空想。坚持不懈，你就
> 会取得最后的胜利。

毅力

永不放弃成就辉煌

范布伦生于1782年，祖籍荷兰，是纽约肯
德胡克的一个开小旅馆的业主的儿子。

小时候的范布伦虽然家境并不富裕，但他
聪慧可人，14岁时，他就当了一名律师的助手，
很快显示出了他雄辩的才能。然而，在一次棘
手的官司中，作为辩方律师助手的范布伦，没

néng jí shí de jiāng yí fèn yǒu xiào de zhèng jù chéng xiàn zài fǎ tíng shang shǐ
能及时地将一份有效的证据呈现在法庭上，使

tā men chà yì diǎn shū le nà chǎng guān si ér shòu dào dāng shì rén hé lǜ
他们差一点输了那场官司，而受到当事人和律

shī shì wù suǒ de yán lì zhǐ zé zhè shǐ tā méng shēng le tuì chū lǜ shī
师事务所的严厉指责，这使他萌生了退出律师

háng yè de niàn tou
行业的念头。

fàn bù lún tōu tōu de liū huí le jiā jiāng zì jǐ guān zài wū zi
范布伦偷偷地溜回了家，将自己关在屋子

li āi shēng tàn qì le hǎo
里唉声叹气了好

jǐ tiān tā mǔ qīn kàn tā
几天，他母亲看他

zhè ge yàng zi jiù qiāo le
这个样子就敲了

qiāo tā de mén wèn dào
敲他的门问道：

"mǎ dīng yǒu shén me yào
"马丁，有什么要

gēn nǐ mā ma tán tan de
跟你妈妈谈谈的

ma péng tóu gòu miàn de fàn bù lún dǎ kāi
吗？"蓬头垢面的范布伦打开

mén yì liǎn jǔ sàng de duì mā ma shù shuō le yù dào
门一脸沮丧地对妈妈述说了遇到

de cuò zhé zuì hòu tā hái jiāng zì jǐ xiǎng yào fàng qì de niàn tou yě
的挫折。最后，他还将自己想要放弃的念头也

gào su le mā ma bìng zhēng qiú mā ma de yì jiàn mā ma tīng wán fàn
告诉了妈妈，并征求妈妈的意见。妈妈听完范

bù lún de shù shuō zhī hòu wǎn ěr yí xiào qīng sōng de shuō dào mǎ
布伦的述说之后，莞尔一笑，轻松地说道："马

dīng wǒ hái yǐ wèi shén me tiān dà de shì ne bú jiù shì nǐ méi bǎ
丁，我还以为什么天大的事呢！不就是你没把

证据收集齐吗？法院还要继续开庭，你现在去做还来得及！马丁，你想不想放弃律师这个职业，妈妈不想干涉，但你必须去做完这次的案子，无论输还是赢，事情必须要有始有终！"

妈妈的话，就如她说完随手将房门拉上时"砰"的声响，直震得范布伦两耳发麻。等他醒悟过来，拉开房门想对妈妈说"我不会放弃"的时候，妈妈早已将他雪白的衬衣和他最爱戴的那条浅蓝色领带举到了他的眼前。

范布伦立即行动，经过不懈的努力，收集到了更多对当事人有价值的证据，结果赢得了陪审团的信任，打赢了官司。没过多久，范布伦就成了一名真正的律师———一个年轻的律师。

范布伦永不放弃的精神，使他于1832年被北方杰克逊派的全国大选候选人名单中定为副总统，1835年被提名为总统候选人，并最终赢得了竞选，成为美国历史上第八任总统。

在就职演说中，范布伦自豪地说："我是在美国国旗下生的。我向世界上其他国家显示了永不放弃的美国实验的范例！"永不放弃的精神成就了范布伦不平凡的一生。

阅读提示 yue du ti shi

人的一生难免会遇到各种各样的障碍，要跨越这些障碍，就必须要具备一种永不放弃的执著精神。

毅力

永不放弃学习
yǒng bú fàng qì xué xí

西汉时期，汉宣帝下了一道诏书，要为汉武帝立庙堂。朝中文武大臣众口一词，齐声赞同，夏侯胜却据理反对，支持他的只有丞相长史黄霸一人。结果，二人双双被弹劾入狱，汉宣帝还要治他们死罪。

夏侯胜是位著名的学者，研究《尚书》的专家。好学的黄霸觉得，能和这样一位博学多才的人朝夕相处真是难得，狱中无事，也正是学习的大好时机。于是，他便请求夏侯胜："请你给我讲《尚书》好吗？"

夏侯胜听了，不禁苦笑道："你和我一样，都是犯下死罪的人，说不定明天就会被推出去砍掉脑袋，还有什么心思谈学问呢？再说，谈了又有什么用？"

黄霸诚恳地对夏侯胜说："孔子说过，'朝

闻道，夕死可矣'，如果能在生前多学一些东西，

那么死的时候也会感到心满意足，没什么遗憾

的。千万不要把宝贵的时间白白浪费过去啊！"

　　夏侯胜觉得黄霸说得很有道理，又被黄霸

好学的精神所感动，便答应了黄霸的请求。于

是，两个人便把生死置于脑后，专心致志地研究

起《尚书》来。黄霸学而不厌，刻苦钻研，终于

把深奥难懂的《尚书》吃透了。夏侯胜在教学

中温故知新，又悟出许多新见解。三年以后，

因事态变化，他们都被释放出狱。这时，两个人

的学问都大有长进了。

yue du ti shi
阅读提示

　　"生命不息、奋斗不止"的人生才充实，才
有意义。学习是一辈子的事情，任何时候都不要
试图停止学习的脚步。

毅力

生命奇迹：什邡男子挺过108个小时

2008年5月12日，我国四川省汶川发生了8.0级地震！全国上下都积极投入到了救援工作中。

在北川，国家地震灾害紧急救援队的队员成功营救出一位胡子花白的老人，在简单地对老人进行检查后，救援人员抬起担架就往附近的救护车跑，沿途所有的救援队员都向他们伸出了大拇指。

"真的没想到我还能活下来，太幸运了！"靠4张作业纸和一瓶尿液，坚强挺过108个小时的什邡市红白镇中学炊事员李克成激动地说道。

据李克成介绍，他今年55岁，几年前到什邡市红白镇中学当炊事员。地震发生的当天下午，他正在学校宿舍午休。突然，床像船一样开始

摇晃。几秒钟后，回过神的他知道发生地震了。于是迅速翻身下床，穿着内裤、打着赤脚冲向门口，但一切都为时已晚。房屋瞬间垮塌，将他砸昏，并挤压在变形的门板底下。等他醒来时，眼前一片黑暗，呼吸也变得十分困难，头部、背部感到异常疼痛。但是，求生的欲望使他不想就这样离开人世。于是他开始慢慢翻身，想找个缝隙爬出来，但狭小的空间让他难以挪动身体。万般无奈之下，他只得用手

来回摸能吃的东西，可唯一抓到的是一个空饮料瓶和四张作业纸。

为了让自己保存体力，他把这四张作业纸放到自己面前，又开始慢慢积存尿液。随后的108个小时，他便以自己的尿液和作业纸作为食物，一直坚持下来。直到17日凌晨1时，就在他快要昏昏沉沉地睡去时，突然听到了外面挖废墟的机械声音。于是，他赶紧用尽力气大呼"救命"。最终，部队官兵听到了他的呼救，成功地把他从废墟里"挖"了出来。

紧要关头不放弃，他凭着惊人的毅力创造了一个生命奇迹！

yue du ti shi
阅读提示

人生犹如探险，谁也不知灾难何时降临。切记，紧要关头不能放弃！只要不放弃就会有希望！

毅力

意志产生奇迹

有一所位于偏远地区的小学校由于设备不足，每到冬季便要利用老式的烧煤锅炉来取暖。有个小男孩每天都提早来到学校，将锅炉打开，好让老师同学们一进教室就感到暖活。

但有一天老师和同学们到达学校时，愕然发现有火舌从教室里冒出。他们急忙将这个小男孩救出，但他的下半身遭到严重灼伤，整个人完全失去意识，只剩下一口气。

送到医院急救后，小男孩稍微恢复了知觉。他躺在病床上迷迷糊糊地听到医生对妈妈说："这孩子的下半身被火烧得太厉害了，能活下去的希望实在很渺小。"

但这勇敢的小男孩不愿就这样被死神带走,他下定决心要活下去。果然,出乎医生的意料,他熬过了最关键的一刻。但等到危险期过后,他又听到医生在跟妈妈窃窃私语:"其实保住性命对这孩子而言不一定是好事,他的下半身遭到严重伤害,就算活下去,下半辈子也注定是个残废。"

这时小男孩心中又暗暗发誓,他不想做个残废,他一定要起身走路。但不幸的是他的下半身毫无行动能力。两只细弱的腿垂在那里,没有任何知觉。

出院之后,他妈妈每天为他按摩双脚,不曾间断,但仍是没有任何好转的迹象。虽然如此,他要走路的决心却不曾动摇。

平时他都以轮椅代步。有一天天气十分晴朗,他妈妈推着他到院子里呼吸新鲜空气。

他望着灿烂阳光照耀的草地，心中突然出现一个想法。他奋力将身体移开轮椅，然后拖着无力的双脚在草地上匍匐前进。

一步一步，他终于爬到篱笆墙边；接着他费尽全身力气，努力地扶着篱笆站了起来。抱着坚定的决心，他每天都扶着篱笆走路，一直走到篱笆墙边出现了一条小路。他心中只有一个目标：努力锻炼双脚。

凭借着钢铁般的意志，以及每日持续的按摩，他终于能靠着自己的双脚站了起来，然后走路，甚至能跑步。

他后来不但能走路上学，还能和同学们一起享受跑步的乐趣，到了大学时，他还被选入了田径队。

一个被火烧伤下半身的孩子，原本逃不过死神的召唤，甚至一辈子都无法走路跑步，但凭着他坚强的意志，葛林·康宁汉博士，"跑"

chū le lìng yí xiàng shì jiè jì lù
出了另一项世界纪录。

yue du tí shì
阅读提示

yí gè rén de yì zhì lì wǎng wǎng jué dìng zhe tā de rén shēng yí gè
一个人的意志力往往决定着他的人生！一个
wú lùn zài miàn duì rèn hé kùn nan shí dōu néng biǎo xiàn chū jiān qiáng de yì zhì lì
无论在面对任何困难时都能表现出坚强的意志力，
yǒng gǎn de qù tiǎo zhàn de rén chéng gōng zǒng shì lí tā bù yuǎn
勇敢地去挑战的人，成功总是离他不远。

毅力

dí shì ní hé tā de wáng guó
迪士尼和他的王国

wò ěr tè dí shì ní yú nián chū shēng zài měi guó zhī
沃尔特·迪士尼于 1901 年出生在美国芝
jiā gē hòu suí fù mǔ qiān dào kān sà sī fù jìn yì jiā nóng zhuāng dìng jū
加哥，后随父母迁到堪萨斯附近一家农庄定居。
dí shì ní yì shēng zhōng zuì wěi dà de shè xiǎng jiù shì jiàn zào yí
迪士尼一生中最伟大的设想就是建造一
zuò shén qí de gōng yuán yí gè kě yǐ shǐ hái zi hé fù mǔ dōu gǎn xìng
座神奇的公园，一个可以使孩子和父母都感兴
qù de chǎng suǒ nián dí shì ní pài míng zhí yuán zhōu yóu měi
趣的场所。1954 年迪士尼派 4 名职员周游美

国，收集人们对修建公园的意见，但四个人带回的一致的观点是迪士尼太"狂妄"了。许多公园的老板说："不开设惊险的跑马场，不搞点儿歪门邪道，要想成功简直是白日做梦。"然而迪士尼却始终没有改变修建一所清爽安逸的公园的计划，他还决定称这所公园为"迪士尼乐园"。

1955年7月17日，位于加州洛杉矶的"迪士尼乐园"终于落成了，它被人们看做是当代世界上的一大奇迹。仅在开放的头六个月里，

就有300万人纷至沓来，在来访的人中有11位国王、王后，24位州政府的首脑和27位王子、公主。在10年里，"迪士尼乐园"的收入高达1.95亿美元之多。

"乐园"的一切设施都是为了游客们玩赏而建造的。这里有一排排的参天大树，有一片片绿茸茸的草坪，还有人工池、人工湖和河里晶莹的碧波。"乐园"共分五大部分；"美国一条街"是根据迪士尼回忆孩提时见过的一条街道修建的，"明日世界"展现了一派未来世界的景象；"冒险世界"能满足那些乐于探险的人们的愿望；"神奇世界"把人们带到了迪士尼动画片儿中描绘的梦幻般的境界；"拓荒世界"再现了古老的美国西部。"迪士尼乐园"为人们周游世界，纵览美国历史上的各个时期提供了可能。

继"迪士尼乐园"之后，"沃尔特·迪士尼世界"又在佛罗里达州的奥兰多郊外建成了，这是第二所宏大的娱乐公园。像"迪士尼乐园"震惊西方人一样，"迪士尼世界"还轰动了东海岸的人们，数以万计的儿童和成人来到这里参观"英国一条街"、奇异王国和许多令人难忘的有趣之物。但是令人惋惜的是，迪士尼自己没能亲眼目睹佛罗里达乐园的建成，他于1966年12月不幸逝世，在他去世的当天，《纽约时报》刊登了这样的标题：米老鼠王国的创始人——沃尔特·迪士尼与世长辞。

阅读提示

如果没有迪士尼先生的坚持与执著追求、永不放弃的精神，迪士尼乐园就永远不能成为现实。正是因为有了美丽的梦想并且坚持不懈的奋斗，才创造了一个奇迹。

不屈不挠，就能实现目标

1938 年本田先生还是一名学生时，就变卖了所有家当，全心投入研究制造心目中所认为理想的汽车活塞环。

他夜以继日地工作。累了，倒头就睡在工厂里。一心一意期望早日把产品制造出来，以卖给丰田汽车公司。为了继续这项工作，他甚至变卖了妻子的首饰。最后产品终于出来了，但当送到丰田那里后，却被认为品质不合格而打了回来。

为了获取更多的知识，本田重回学校苦修两年。这期间，他的设计常被老师或同学嘲笑，被认为不切实际。他无视于这一切，仍然咬紧牙关朝目标前进，终于在两年之后取得了丰田公司的购买合约，完成了他长久以来的心愿。

后来他又碰上了新问题。当时因为第二次世界大战爆发，一切物资吃紧，政府禁卖水泥给他建造工厂。但他没有就此放手，更没有怨天尤人。他决定另谋它途，和工作伙伴研究出新的水泥制造方法，从而建好了他们的工厂。战争期间，这座工厂遭到两次轰炸，毁掉了大部分的制造设备，本田先生是怎么做的呢？他立即召集了一些工人，去捡拾美军飞机所丢弃的汽油桶，作为本田工厂制造用的材料。

在此之后的一次地震中，整个工厂变成了一片废墟。这时，本田先生不得不把制造活塞环的技术卖给丰田公司。

本田先生实在是个了不起的人，他清楚地知道迈向成功的路该怎么走，除了要有好的制造技术，还得对所做的事深具信心与毅力，不断尝试并多次调整方向，虽然目标还没实现，但他始终不屈不挠。

第二次世界大战结束后，日本遭遇严重的汽油短缺，本田先生根本无法开着车子出门买家里所需的食物。在极度沮丧下，他不得不试着把马达装在脚踏车上。他知道如果成功，邻居们一定会央求他给他们装摩托脚踏车。果不其然，他装了一部又一部，直到手中的马达都用光了。他想到，何不开一家工厂，专门生产自己所发明的摩托车？可惜的是他资金欠缺。

本田决定无论如何要想出个办法来，最后决定求助于日本全国18000家脚踏车店。他给每一家脚踏车店用心写了一封言辞恳切的信，告诉他们如何借着他发明的产品，在振兴日本经济上扮演一个一个角色。结果说服了

其中的5000家，凑齐了所需的资金。然而当时
他所生产的摩托车既大且笨重，只能卖给少数
硬派的摩托车迷。为了扩大市场，本田先生动
手把摩托车改得更轻巧，一经推出便赢得满堂
喝彩。随后他的摩托车又外销到欧美，赶上了
战后的婴儿潮消费者，于20世纪70年代本田
公司便开始生产汽车并获得佳评。

今天，本田汽车公司在日本及美国共雇有
员工超过10万人，是日本最大的汽车制造公司
之一，其在美国的销售量仅次于丰田。

yue du ti shi
阅读提示

世界上任何一项伟大的事业，都不会没有困
难，一蹴而就。只要我们有决心，有毅力，就可
战胜一个又一个挫折！

毅力

联想造就成功

1975年8月的一天，炙热的太阳烘烤着大地。

四川省汶川县白岩村的农民青年姚岩松，正坐在一棵树下乘凉。这时他意外地看到脚旁有一只"屎壳郎"，正推着一团很大的泥球缓缓地向前爬行。

这一十分平常的现象引起了姚岩松的兴趣，屎壳郎在前面爬，他蹲在地上跟着看，瞪大两只眼睛观察了半天，似乎悟到了什么，又似乎越来越满头雾水。

第二天他起了个大早，在山坡上又找到一只"屎壳郎"。为了进一步观察，他用一根白线

拴了一小块泥团，套在"屎壳郎"身上，让它拉
着走。

奇怪的是，这块小泥团比昨天的轻得多，
可是"屎壳郎"怎么也拉不动。姚岩松又找了
几只"屎壳郎"来做同样的试验，结果都一样。

这时，姚岩松如梦初醒，原来拉比推费劲，
能够推得动的东西不一定能拉动。

他曾开过几年拖拉机，因为不能行驶在自
己家乡又狭又小又高又陡的山地上深感遗憾。
这时他脑中忽然闪现出一个想法：能不能学一

学"屎壳郎"推泥团,将拖拉机的犁放在耕作机的前面呢?

根据这一联想,他把从山上摘来的茅花秆儿一节一节地切断后,分别制成"把手"、"机身"、"犁圈"等,经过几天辛勤忙碌,终于制作出一台用茅花秆儿和铁丝做成的耕作机模型。

3个月后,姚岩松耗资千元制作的耕作机开进了地里,但它如一头暴躁的小牛,不听使唤。姚岩松为此寝食不安。一天,在岷江河畔他被一台推土机吸引住,他看出推土机主要是靠履带才具有特定性强、着地爬动力好的特点。他又联想到,耕作机安上履带不就可以解决同样的问题了吗?

又经过几个月的努力工作,姚岩松终于制成了第一台"履带式耕作机",但还是没有取得令人满意的效果。又经过数百次的改进、实验,直到1992年2月,才成功地推出第十台"屎壳郎耕作机"，它以推动力代替牵引力，突破了耕作机传统的制造方式，具有创造性、新颖性和实用性，在国内属于首创。

姚岩松发明的"屎壳郎耕作机"，体积小，重量轻（64公斤），一个人就可以背上山；它还可以在石梯上行进，能爬45度的坡，两个小时耕的地就相当于一头牛一天的工作量，而它的价格只相当于一头牛。由于它具有如此众多的优点，要求联合生产的厂家络绎不绝。

阅读提示
yue du ti shi

历经挫折，希望你没有沉沦下去，没有掉进深渊之中，没有钻进牢骚满腹的牛角尖里，抱着必胜的信念去坚持，只要梦想还在，那么你将开创崭新的天地，迎来人生又一轮充满生机与活力的朝阳。

毅力

拥有执著等于拥抱成功

菲拉从小就喜欢唱歌,她8岁时就随着乐团到各个国家演出,12岁时就在美国纽约举行了个人演唱会,被人们誉为"音乐神童"。

一次,爸爸陪菲拉来听布莱曼的演唱会,菲拉被她天籁般的声音所吸引,决定要向她学习唱歌。于是,菲拉就在爸爸的陪同下,来到了布莱曼的住所。

她说:"我很想成为您的学生,向您学习唱歌。"

布莱曼冷漠地说:"你找错人了,我从来不给私人上课,你另选他人吧!"

但她坚持说:"我一定要跟您学唱歌,求您先听听我唱得怎么样?"

布莱曼说:"这不可能,因为我马上要赶去飞机场,我要出国去演出。"

菲拉忙说:"没问题,我和您一起去机场,在您候机的时候,我给您唱。"

布莱曼被打动了,她说:"那好,你随我来吧。"

就这样布莱曼在机场听完了菲拉的歌。她兴奋地对菲拉说:"我决定收下你作学生。不用付费,因为你给我的快乐完全超过了我能给你的。"

菲拉从此成为布莱曼的学生,她努力学唱歌,最终成了著名歌唱家。

zhǐ yào nǐ jiān rèn bù bá rèn hé bù kě néng de shì dōu huì biànchéng
只要你坚忍不拔，任何不可能的事都会变成

kě néng zhè shì rén menmiàn duì rén shēng de yì zhǒng jī jí tài du
可能。这是人们面对人生的一种积极态度。

毅力

zhǐ yǒu zhí zhuó cái huì chénggōng
只有执著才会成功

yǒu yí gè lǎo hé shangcéng fā shì yào wèi sù fó jīn shēn ér xíng
有一个老和尚曾发誓：要为塑佛金身而行

qǐ
乞。

dì yī tiān tā zǎo zǎo jiù lái dào le nào shì xiàng guò lù de
第一天，他早早就来到了闹市，向过路的

xíng rén qǐ tǎo shī shě bù yí huì er zǒu guò lái yí gè gōng zǐ
行人乞讨施舍。不一会儿，走过来一个公子，

lǎo hé shang shī lǐ dào pín sēng shì yuàn sù fó jīn shēn qǐng shī zhǔ
老和尚施礼道："贫僧誓愿塑佛金身，请施主

juān yì diǎn ba
捐一点吧！"

gōng zǐ jiù xiàng méi tīng jiàn yí yàng dà bù liú xīng de zǒu le
公子就像没听见一样，大步流星地走了

过去。老和尚急忙追上去，紧跟其后低声乞求："捐多少都行！"

公子厌烦地挥挥手，干脆地厉声拒绝道："不！"

公子在前面走着，老和尚在后面跟着，一前一后竟然一起走出了十多里路！那个公子产生了怜悯之心，随手扔下了一文钱。老和尚赶紧从地上捡起那一文钱，毕恭毕敬地朝公子行礼致谢。

公子觉得很奇怪，不解地问道："区区一文钱也值得你这样看重与高兴？"

老和尚回答道："今天是贫僧为塑佛金身而行乞的第一天，如果连一文钱也不能化到，或许贫僧的心志就会产生动摇。如今承蒙您慷慨施舍，贫僧对于成就大愿已经确信无疑，所以感到无限的欣慰。

老和尚说完，便按照原路回去继续化缘，

yì biān zǒu hái yì biān zì yán zì yǔ yí
一边走还一边自言自语："一

rì yì qián qiān rì yì qiān shéng
日一钱，千日一千。绳

jù mù duàn shuǐ dī shí chuān
锯木断，水滴石穿。"

shuō zhě wú yì tīng zhě
说者无意，听者

yǒu xīn gōng zǐ sù rán qǐ
有心。公子肃然起

jìng qíng bú zì jīn de zhuī le
敬，情不自禁地追了

shàng qù bǎ shēnshang suǒ yǒu de
上去，把身上所有的

qián dōu juān le chū qù
钱都捐了出去。

zuì hòu lǎo hé shangzhōng yú chóu zú le zī jīn shí xiàn le zì
最后，老和尚终于筹足了资金，实现了自

jǐ de xīn yuàn
己的心愿。

yue du ti shi
阅读提示

zhè ge lǎo hé shang jiān dìng de xìn niàn hé zhí zhuó de zhuī qiú ràng rén qīn
这个老和尚坚定的信念和执著的追求让人钦

pèi zhè gào sù wǒ men rén zhǐ yào cháo zhe zì jǐ de mù biāo bú duàn de
佩。这告诉我们，人只要朝着自己的目标不断地

nǔ lì qián jìn jiù yí dìng huì qǔ dé chénggōng
努力前进，就一定会取得成功。

毅力

zuì hòu de chù lì
最后的蠹立

父亲是一名老战士。20世纪50年代初，在一次剿匪中，父亲和战友们走散了。黄昏，父亲从一块巨岩后走出来，迎面撞上一个国民党残匪。父亲和匪徒几乎同时端起步枪指向了对方。

父亲明白，要想保住性命，必须一方投降。

双方对峙着，目光对着目光，枪口对着枪口，意志对着意志，一直对峙着。

当时父亲已经有三天没吃东西了；加上连日的疲惫奔波，他明白自己渐渐体力不支。但是，有一个念头一直支撑着他：必须一方投降，而投降的决不能是自己。

看上去匪徒的精神并不比父亲强多少：邋遢而破烂的黄皮军装快要辨认不出颜色了，双目无光，惊恐的面部蜡黄蜡黄的，十足的惊弓之鸟。

父亲端着枪，山一般的身躯矗立着，威严而坚毅的目光直逼匪徒。

半个小时慢慢过去了，匪徒渐渐支撑不住了，端起的枪在颤抖，手在颤抖，双腿也在颤抖。突然，匪徒摔掉步枪，"扑通"一声跪在地上向父亲连连求饶。

父亲露出了微笑。他竭力控制住自己，才没有晕厥。接着，父亲顺手扯来一根葛藤将匪徒双手反捆起来。他拿过匪徒的枪，才发现枪里没有子弹。

这时，父亲再也坚持不住了，一屁股坐到了地上。其实，父亲的枪里也没有子弹了。

yue du ti shi

无论遇到多么大的困难和挫折，都需要毅力
与意志的坚持，哪怕还有一口气，决不能趴下。

毅力

zhí zhuó chéng jiù mèng xiǎng

执著成就梦想

公元1812年，叱咤风云纵横一世的拿破仑，被一系列胜利冲昏了头脑。为了实现他称霸欧洲的梦想，决计亲率60万大军，远征莫斯科！沙皇亚历山大一世，起用了老谋深算的将军库图佐夫为总司令，避开了法军的锋芒，把拿破仑的军队引进莫斯科。此后法军困守空城，饥寒交迫，又被库图佐夫拦断西退的去路，终于大败。

俄国士兵在清扫战场的时候，在死人堆里发现了一名叫彭色列的法国军官，当时彭色列正处于奄奄一息的状态。他原是巴黎一所学校的毕业生，24岁的时候，就已经在数学领域展露才华。在这场法国入侵俄国的战争之前，他被强迫征兵到了法国军队里，做工兵军官，结果却不幸被俘。

在历经四个多月的长途跋涉后，他被关押到了战俘营。虽然成为俘虏，且远在异国他乡，但彭色列并没有气馁，依旧没有忘记他心爱的数学。虽然他手头没有任何资料，但凭着自己的记忆力，他在战俘营里重温着在课堂上学到的数学知识，在石墙上写满了数学题的运算。后来，他又想方设法地弄到了一些纸张，可以记录下他的思考。

此后的彭色列似乎焕发了青春。他利用一切可能利用的时间，或重温过去学过的数学

知识，或潜心思考萦回于脑际的问题：在射影变换下图形有哪些性质不变？

当时监狱的条件极差，没有笔也没有纸，书就更不用说了。然而这一切并没有使彭色列气馁！他用木炭条当笔，把监狱的墙壁当成演算和作图的特殊黑板，还四方搜罗废书页当稿子，就这样经过了400个日日夜夜，终于写下了七大本研究笔记。而正是这些字迹潦草的笔记，记述了一门新数学分支——射影几何的光辉成果！

对自己热爱的事业的执著，加上坚强的毅力，再恶劣的环境也无法阻挡成功。

千锤百炼终成金

德摩斯梯尼是古代希腊卓越的演说家和著名的政治家。他年轻的时候，打心眼里想成为一名出色的演说家。要当一名政治演说家，必须声音洪亮，发音清晰，姿势优美，富有辩才，熟悉有关内政、外交、财务、军事等各方面的情况。

根据普鲁塔克的记载，德摩斯梯尼最初的政治演说是很不成功的。他患有口吃的毛病，再加上登上讲台的时候总是过于紧张，所以他演说的时候不仅说话不流利，而且声音也特别小，台下的听众对他很不满意。每当他演说时，原来平静的听众就有些烦躁起来，甚至有人喝倒彩，赶他下台。因此每次演说都以失败告终，德摩斯梯尼内心痛苦极了。可是他并不灰心，下决心克服自己的口吃，一定要成为一名出色的演说家。

德摩斯梯尼刻苦读书，学习用简洁的语言表达深刻的思想。据说，他把修昔底德的《伯罗奔尼撒战争史》抄写过8遍。他向著名演员请教朗读的方法。为了练嗓子，改进发音，他把小石子儿含在嘴里朗诵，迎着大风和波涛大声说话。时间一长，他的口腔就被小石子儿给磨破了，并流出血来，但他并不在乎，还是不停地练习。为了克服气短的毛病，他故意一面攀登陡峭的山坡，一面不停地吟诗。他在家里装了一面大镜子，对着镜子练习演说。为了克服说话时爱耸肩膀的毛病，他在头顶上悬挂一柄剑或一把铁叉，迫使自己随时注意改掉不必要的动作。他把自己剃成阴阳头，以便能够安心躲在地下室里练习演说，而不到处乱跑。如果有时间，他还去剧院看话剧，仔细看演员在台上怎样讲话，怎样使用手势以及如何表达感情。他在练习演说时，就像演员那样把自己的感情投入到演讲中。

当德摩斯梯尼再次登台进行演讲时，不仅声音洪亮，吐字清晰，而且还举止潇洒，台下的听众完全被他的气质给征服了。当他的演说结束时，全场响起了听众热烈的欢呼声，人们纷纷向他表示祝贺，祝贺他的演说获得圆满成功。

yue du ti shi 阅读提示

从口吃而成为一个杰出的演说家，这中间的艰苦过程，我们可想而知。他的事迹告诉我们：有志向，有毅力，坚持到底，必将成功。

毅力

在1985年的美国职业篮球联赛上，洛杉矶湖人队赢得冠军的呼声很高，所有的球员都处于巅峰状态，但结果出乎意料之外，决赛时却输给了波士顿的凯尔特人队。湖人队一蹶不振，所有的球员感到极为沮丧。

在1986年的美国职业篮球联赛开始之前，湖人队仍没有从失败的阴影中走出来，面临着走出低谷重振雄风的重大挑战。教练派特·雷利为了让球员相信自己有能力登上冠军的宝座，便告诉大家，只要每人能在球技和配合上进步1%，联赛便会取得令人满意的好成绩，登上冠军的宝座。

1%的进步似乎是微不足道的，可是如果12个球员每个人都进步1%，球队的整体实力最少也能比以前进步12%。经过苦练，大部分的球员都有进步，而且不止1%，有的甚至高达5%以上。在这一年的美国职业篮球联赛赛场上，湖人队势不可挡，夺得了冠军。

有人会问，湖人队成功的奥秘在哪里呢？他们是怎样从失败的低谷中走出来的？毫无疑问，那就是每天进步一点点，球技的提高，加强队员们之间的配合等等。每天的进步使湖人队走向了冠军的宝座。

阅读提示 yue du ti shi

每天进步一点点，天长日久持之以恒，你会取得惊人的进步与成绩。

毅力

志趣是成功的资本

18世纪末至19世纪初，英国的W·史密斯在地层层序律的基础上，根据化石的纵向分布建立了化石顺序律。这不仅利用化石确定了地层时代，且为生物进化提供了证据。

史密斯自幼丧父，家境十分贫寒，但他酷爱大自然，对记录地质历史的化石有着浓厚的兴趣。他坚持自学，15岁时就走上了社会，当上了一名土地测量员的助手——标尺工，从而开始了这位"产业革命取得辉煌成果时期的新型科学家"的特殊的一生。

史密斯不分酷日寒暑终年奔波在山林旷

野之间，沐浴在风雪雨露之中。他以苦为乐，把大自然看作是不可多得的大课堂，贪婪地汲取着从书本上得不到的知识。由于史密斯严于职守，刻苦学习，勤于思考，善于发现，很快就被提拔为土地测量员，并直接参加了开凿运河、修筑道路的测量工作。开山、挖河，常常能看到平时看不到的新鲜剖面。在新开的沉积岩层中，往往能发现各类化石。对于刻苦好学的史密斯来说，这一层层的沉积岩层有着无比的魅力，强烈地吸引着他。史密斯的业余时间几乎全泡在运河或是矿山工地新开挖的岩石剖面上了。他认真地观察地层的岩性、结构，仔细测量它的厚度，小心翼翼地采挖、搜集埋藏在地层深处的化石，并一一记在本子上，有时甚至到了废寝忘食、乐而忘归的程度。久而久之，史密斯关于地层和化石方面的知识丰富起来了，为他最终的地质研究打下了坚实的基础。

　　然而史密斯在学术上的成就却轻易地就被别人窃取了去。一天，史密斯和他的朋友在一间咖啡店里闲聊，无意中谈论起地层如何划分的问题。史密斯滔滔不绝地把自己多年观察的心得和盘托出。此番精妙的论述，恰被邻座的牧师约瑟夫·泰乌谢德听到了。这个沽名钓誉、习钻狡猾的牧师走

了过来，笑容可掬地请求史密斯把刚才讲的内容重述一遍。史密斯是个纯洁的青年，他一五一十地重叙了一遍。

　　不久，泰乌谢德就以自己的名字把史密斯的发现向英国地质学界公布了，结果轰动了学术界，泰乌谢德以欺骗的手段赢得了1807年创

立的英国地质学会名誉会员的桂冠。当时英国地质学界只知道泰乌谢德在地层和化石的研究方面做出了贡献，而真正的发明者史密斯却鲜为人知。但是骗局总会被揭开的，人们纷纷为史密斯鸣不平，当史密斯更深的见解出台时，泰乌谢德的骗局不攻自破。

yue du ti shi

阅读提示

有志趣才能让自己为之锲而不舍的奋斗，有志趣就有了追求的目标，有志趣就有了前进的动力。

毅力

让失败鞭策我前进

莎莉·拉斐尔是北美最著名的电视节目

主持人之一，她曾两度获得相关的大奖，并且有自办的电视节目。在美国、加拿大和英国，每天有800万观众收看她的节目。

在莎莉·拉斐尔30年的职业生涯中，她曾遭辞退18次，可是每次事后她都放眼更高处，确立更远大的目标。"我遭人辞退了18次，本来大有可能被这些遭遇所吓退，做不成我想做的事情，"她说，"结果相反，我让它们鞭策我勇往直前。"

长期以来，美国的无线电台都认为女性不能吸引听众，所以没有一家电台肯雇用她。她只好迁到波多黎各去，学习西班牙语。当她在一家通讯社工作的时候，多米尼加共和国恰好发生一次震惊世界的暴乱事件，出于种种原因，通讯社的负责人拒绝派她到多米尼加共和国去采访，但这位倔强的女士自己凑够旅费飞到那里去，然后把自己的报道出售给电台。

1981年，正当她在纽约的事业逐步有了起色的时候，却又遭到了电台辞退，原因是她的上司认为她的思想过于保守，跟不上时代的要求，这一次失业长达一年多。

有一天，她向一位国家广播公司电台职员推销她的清谈节目构想。"我相信公司会有兴趣，"那人说。但此人不久就离开了国家广播公司。所来她碰到该电台的另一位职员，再度提出她的构想。这个人也夸奖那是个好主意，但是不久此公也失去了踪影。最后她说服第三位职员雇用她，此人虽然答应了，但提出要她在政治台主持节目。"我对政治所知不多，恐怕很难成功。"她对丈夫说。丈夫热情鼓励她尝试一下。1982年夏天，她的节目终于启播了。她对广播早已驾轻就熟。于是她利用这个长处和平易近人的作风，大谈7月4日美国国庆对她自己有什么意义，又请听众打电话来

chàng tán tā men de gǎn shòu
畅谈他们的感受。

zhè zhǒng quán xīn de zhǔ chí fēng gé hěn kuài yǐn qǐ le tīng zhòng mò
这种全新的主持风格，很快引起了听众莫

dà de xìng qù jī jí cān jiā jié mù de tīng zhòng yě fēi cháng duō jǐ
大的兴趣，积极参加节目的听众也非常多，几

hū yí yè zhī jiān rén men dōu zhī dào le tā de jié mù hé tā běn
乎一夜之间，人们都知道了她的节目和她本

rén zhè chéng le tā shì yè shàng de yòu yí gè lǐ chéng bēi
人。这成了她事业上的又一个里程碑。

yue du ti shi
阅读提示

rén shì xū yào yì zhǒng jiān qiáng de yì lì hé zhí zhuó de jīng shén de
人是需要一种坚强的毅力和执著的精神的。

zài cǐ miàn qián rèn hé kùn nán dōu huì bèi gōng kè
在此面前，任何困难都会被攻克。

毅力

yì shēng zhǐ yào gàn hǎo yí jiàn shì
一生只要干好一件事

zài hé lán yǒu yí wèi gāng gāng chū zhōng bì yè de qīng nián nóng
在荷兰，有一位刚刚初中毕业的青年农

mín zài yí gè xiǎo zhèn zhǎo dào le wèi zhèn zhèng fǔ kān mén de gōng zuò
民，在一个小镇找到了为镇政府看门的工作，

从此他就没有离开过这个小镇。

他太年轻，工作也太清闲，总得打发时间。

他选择了又费时又费工的打磨镜片，算做自己

的业余爱好。就这样，他磨

呀磨，一日又一日，一年又

一年，一磨就是60年。他是

那样的专注和细致，锲

而不舍。他的技术早

已超过专业技师了，他

磨出的复合镜片的放

大倍数，比专业技师磨出的都要高。他老老实

实地把手头上的每一块玻璃片磨好，可以说用

尽了毕生的心血。借助打磨的镜片，他发现了

当时科技尚未知晓的另一个广阔的世界——

微生物世界。从此，他名声大振，只有初中文

化的他，被授予了在他看来是高不可攀的巴黎

科学院院士的头衔，就连英国女王也到小镇拜

huì guo tā
会过他。

chuàng zào zhè ge qí jì de xiǎo rén wù jiù shì kē xué shǐ shàng dǐng
创造这个奇迹的小人物，就是科学史上鼎

dǐng dà míng huó le jiǔ shí suì de hé lán kē xué jiā wàn liè wén hǔ kè
鼎大名、活了九十岁的荷兰科学家万·列文虎克。

yue du ti shi

xiàn shí shēng huó zhōng chéng gōng wǎng wǎng shì zài píng fán de gōng zuò zhōng
现实生活中，成功往往是在平凡的工作中
yóu píng fán de rén fù chū jù dà de dài jià qǔ dé de zhè xiē chéng gōng zhě
由平凡的人付出巨大的代价取得的。这些成功者
jiāng jīng lì jí zhōng zài yí jiàn shì qing shang jiān chí bú xiè zài píng fán zhōng
将精力集中在一件事情上，坚持不懈，在平凡中
chuàng zào le wěi dà
创造了伟大。

毅力

wán qiáng yì lì shì chéng gōng de jī shí
顽强毅力是成功的基石

gān yíng shì gǔ dài chū míng de shén jiàn shǒu zhǐ yào yì lā gōng shè
甘蝇是古代出名的神箭手，只要一拉弓，射

shòu shòu dǎo shè niǎo niǎo luò fēi wèi shì gān yíng de xué sheng yóu yú qín
兽兽倒，射鸟鸟落。飞卫是甘蝇的学生，由于勤

xué kǔ liàn jiàn shù zhuó yuè chāo guò le lǎo shī yǒu gè jiào jì chāng de
学苦练，箭术卓越超过了老师。有个叫纪昌的

人，听说飞卫箭术了得，就慕名来拜飞卫为师。

飞卫对他说："你先要学会在任何情况下都不眨眼睛。有了这样的本领，才能谈得上学射箭。"纪昌记住了他的话，回到家里，就仰面躺在妻子的织布机下，两眼死死盯住一上一下迅速移动的机件。

两年以后，纪昌觉得自己的眼睛可以承受任何外来的刺激了，即便拿着针朝他的眼睛刺去，他也能一眨不眨。于是，纪昌高兴地向飞卫报告了这个成绩。

飞卫说："光有这点本领还不行，还要练出一副好眼力。极小的东西你能看得很大，模糊的东西你能看得一清二楚。有了这样的本领，才能学习射箭。"

纪昌回到家里，想了一个办法，他捉了一只虱子，用极细的牛尾巴拴住，挂在窗口。他天天朝着窗口目不转睛地盯着它瞧。十多天过去了，那只因干瘪而显得更加细小的虱子，在纪昌的眼睛里却慢慢地大了起来；练了三年以后，这只虱子在他眼睛里竟有车轮那么大。他再看稍大点的东西，简直就像一座座小山似的，又大又清楚。于是纪昌就拉弓搭箭，朝着虱子射去。那支利箭竟直穿虱子的中心，而细如发丝的牛尾巴毛却没有碰断。纪昌高兴极了，连忙向飞卫报告了这个成绩。

飞卫连连点头，笑着说："功夫不负苦心人，你终于成功啦！"

阅读提示 yue du ti shi

"水滴石穿"凭借着不舍日夜持之以恒，"百步穿杨"靠的是刻苦学习与锻炼。"功夫不负有心人"这"心"就是耐心、毅力、顽强、努力。

一幅画的价值

有一个落魄潦倒的穷画家，一直坚持着自己的理想，除了画画儿之外，不愿从事其他的工作。

而他所画出来的作品，又一张也卖不出去，搞得三餐老是没有着落，幸好街角餐厅的老板心地很好，总是让他赊欠每天吃饭的餐费，穷画家也就天天到这家餐厅来用餐。

一天，穷画家在餐厅中吃饭，突然间灵感泉涌，不顾三七二十一，拿起桌上洁白的餐巾，用随身携带的画笔，蘸着餐桌上的酱油、番茄酱等等各式调味料，当场作起画来。

餐厅的老板也不制止他，反倒趁着店内客

人不多的时候，站在画家身后，专心地看着他画画儿。

过了好一会儿，画家终于完成他的作品，他拿着餐巾左盼右顾，摇头晃脑地欣赏着自己的杰作，深觉这是有生以来画得最好的一幅作品。

餐厅老板这时开口道："嗨！你可不可以把这幅作品给我？我打算把你所积欠的饭钱一笔勾销，就当作是买你这幅画的费用，你看这样好不好啊？"

穷画家感动莫名，惊异道："什么？连你也看得出来我这幅画的价值？看来，我真的是离成功不远了。"

餐厅老板连忙道："不！请你不要误会，事情是这样的，我有一个儿子，他也像你一样，成天只想要当一个画家。我之所以要买这幅画，是想把它挂起来，好时时刻刻警醒我的孩子，千万不要落到像你这样的下场。"

yue du ti shi
阅读提示

jiān rèn bù bá chángcháng shì chénggōng de gòngtóng tè zhēng dàn jiān chí
坚韧不拔常常是成功的共同特征；但坚持
cuò wù de mù biāo ér qiě shǐ zhōng bú zì jué què shì dǎo zhì shī bài zuì zhòng
错误的目标而且始终不自觉，却是导致失败最重
yào de yuán yīn zhī yī
要的原因之一。

毅力

zhǐ yào jiān chí xià qù zǒng huì yǒu chénggōng
只要坚持下去总会有成功

zhè shì měi guó niǔ yuē zhōu xiǎo zhènshang yí gè nǚ rén de gù shi
这是美国纽约州小镇上一个女人的故事。

tā cóng xiǎo jiù mèngxiǎngchéng wéi zuì zhù míng de yǎn yuán suì shí zài
她从小就梦想成为最著名的演员，15岁时，在

yì jiā wǔ dǎo xué xiào xué xí sān gè yuè hòu tā mǔ qīn shōu dào le xué
一家舞蹈学校学习三个月后，她母亲收到了学

xiào de lái xìn zhòng suǒ zhōu zhī wǒ xiào céng jīng péi yǎng chū xǔ duō zài
校的来信："众所周知，我校曾经培养出许多在

měi guó shèn zhì zài quán shì jiè zhù míng de yǎn yuán dàn shì wǒ men cóng méi
美国甚至在全世界著名的演员，但是我们从没

jiàn guo nǎ ge xué sheng de tiān fù hé cái néng bǐ nǐ de nǚ ér hái chà
见过哪个学生的天赋和才能比你的女儿还差，

她不再是我校的学生了。"

在退学后的两年里，她靠干零活谋生。工作之余她申请参加排练，排练没有报酬，只有节目公演了才能得到报酬。

两年以后，她患了肺炎。住院三周以后，医生告诉她，她以后可能再也不能行走了，她的双腿已经开始萎缩了。已是青年的她，带着演员的梦和病残的腿，回家休养。

她相信自己有一天能够重新走路，经过两年的痛苦磨炼，无数次摔倒，她终于能够走路了。又过了18年！整整18年！她还是没有成为她梦想的演员。

在她已经40岁的时候，她终于获得了一次机会扮演

一个电视角色，这个角色对她非常合适，她成功了。在艾森豪威尔就任美国总统的就职典礼上，有2900万人从电视上看到了她的表演，英国女王伊丽莎白二世加冕时，有3300万人欣赏了她的表演……到了1953年，看到她表演的人超过4000万。

　　这就是露茜丽·鲍尔的电视专辑。观众看到的不是她早年因病致残的腿和一脸的沧桑，而是一位杰出的女演员的天才和能力，看到的是一个不言放弃的人，一位战胜了一切苦难而终于取得成就的大人物。

yue du ti shi
阅读提示

　　永远不要放弃你的梦想，永远不要让困难吓倒，只要坚持下去，你总会取得成功。

毅力